書下ろし

君と翔《か》ける

競馬学校騎手課程

蓮見恭子

祥伝社文庫

プロローグ

二〇〇●年三月★日、大坂尚人《おおさかなおと》は愛知県豊明市《とよあけし》の中京《ちゅうきょう》競馬場にいた。千葉県白井市《しろい》にあるJRA競馬学校の騎手課程を卒業したばかりの尚人は、その日、三つのレースに騎乗する事になっていた。

午前中の第一レース、第二レースといずれもサラ系三歳未勝利に騎乗し、あと一歩のところで勝てなかった。

競馬場の騎手控室には、競馬学校で共に学んだ新人騎手が何人かいた。うち一人は、昨日の土曜日に続いて今日も一勝したから、先輩騎手達から祝いの言葉をかけられている。

競馬学校でも、最後まで尚人と首席を張り合っていた生徒だ。

次々と初勝利を決める同期を横目に、尚人は拳《こぶし》を握《にぎ》った。

——確かにアイルランド大使特別賞は奴に譲った。だけど、俺だって……。

アイルランド大使特別賞は、卒業時に優秀な生徒に贈られる。卒業式でガラスのトロフィーを手に記念撮影するライバルを睨《にら》みながら、決して負けていないと自負していた。だが、相手は早くも二勝を上げたのに対して、尚人はゼロだ。

メラメラと闘志が湧《わ》いてきた。

今日の騎乗はあと、午後に開催されるサラ系四歳上五〇〇万下を残すのみだったが、騎乗馬のこれまでの成績を見た限りでは、ここで自分が勝てるとは期待できない。

——今週も勝てないままか……。

それでも気持ちを立て直し、午後のレースに向けてシミュレーションをしていると、ふいに名前を呼ばれた。見ると、向こうの方から所属厩舎《きゅうしゃ》の調教師が「こっちへ来い」と手を振っている。

「チャンスだな。アンちゃん」

先輩騎手から、どやしつけるように背中を叩かれたが、何が何だか分からないまま調教師の元へと向かう。

「乗り替わりだ。すぐに用意しろ」

先のレースで落馬負傷した騎手がいて、いきなり尚人が騎乗する事となった。先輩騎手が言う通り、チャンスが手の中に転がり込んできたのだ。

「あ、はい。あの……」

「もう何回もレースを使っている馬で、かなりズブい。あの白鳥《しらとり》が乗って、走らないんだからな」

関東の騎手、白鳥祐三《ゆうぞう》の名が出され、尚人の胸に緊張が走った。「癖馬《くせうま》を扱わせたら随一」と呼ばれる名手で、その白鳥が乗っても思うように動かないのだ。果たして、自分に代わりが勤まるのか？　そんな尚人の気持ちを慮《おもんぱか》るように、誰かが言った。

「アンちゃん。ケイアイダークで勝とうとか思わずに、気楽に乗って来いよ」

ケイアイダーク。それが馬の名だった。

そこからはバタバタと時間が過ぎ、気付いたらゲートの中にいた。

ケイアイダークはゲートを嫌がりもせず、大人しく言う事を聞き、ゲートの扉が開くと同時に勢い良く飛び出した。

展開に任せようと手綱《たづな》を持ったままでいたら、ケイアイダークは自分からハミを嚙《か》んで、前に出た。

外から競《せ》りかけてきた馬がいたので、その後ろにつけるつもりでいたが、ケイアイダークは先頭を譲らず、後ろに十三頭を引き連れる形で、最初のコーナーへと向かった。

後ろを見ると、二番手が離れて走っており、さらにその後ろに馬群があった。

――しまった！

思わず舌打ちしていた。

ケイアイダークは快調に飛ばし、気が付いた時には六馬身《ばしん》、七馬身とリードを大きく広げていた。本来であれば、ラストスパートに脚を残す為に、行きたがる馬を抑えるのが騎手の仕事だ。だが、こうなると、無理に抑えるのはうまいやり方ではない。このまま馬を気持ち良く走らせる他ない。

腹を決めると不思議と心が落ち着き、周りを見る余裕ができた。ゴーグル越しに見える視界は遮《さえぎ》るものがなく、風を切って走る爽快さに、尚人はぶるっと体を震わせた。

――ハナを切るのって、楽しいな。

暫《しば》し尚人は馬と一体となって先頭を走る喜びにうち震えていた。

向こう正面から次のコーナーに向かう間も、ケイアイダークは大きなリードを保っていた。

今、実況は叫んでいる事だろう。

『ケイアイダーク、まだ十馬身近くリードを取って、早くも三コーナーのカーブ。二番手……三番手……が追走して、ようやく馬群が動いてきました。さぁ、逃げる、逃げる、ケイアイダーク。リードはまだ、五馬身近くあります』

頭の中で再現し、思わず唇《くちびる》を緩《ゆる》めていた。

第四コーナーの入り口が見えてきた途端、背後から圧を感じた。逃がすまいと、後ろにいた馬がペースを上げたのだ。カーブを出て直線を向くと、追いかけてきた馬の気配を背後に感じた。

ちらりと振り向く。

だが、リードはまだ四馬身近くあった。

――頼む！　もってくれ！

残り二〇〇メートルのところで、尚人は手にした鞭《むち》を振った。

後ろが追い込んでくる足音を感じ、耳の後ろがさざめき立つ。

しなる鞭の音、砂を蹴る蹄鉄《ていてつ》、騎手の誰かが叫ぶ声。徐々に大きくなる歓声に、音がかき消される。

あと少しでゴール板というところで、ケイアイダークの足色が鈍《にぶ》った。それまで軽快に坂を上っていたのが、確実に遅れ出している。このままだと馬群に飲み込まれる。

だが、バテバテになりながらも、ケイアイダークは最後の意地を見せた。僅《わず》かに先頭を死守したままゴール板を通過したのを確認し、ほっと胸を撫《な》でおろす。徐々にスピードを緩めると、追い付いてきた馬が前に出た。

「アンちゃん、やったな」

祝福の言葉をかけられた時、尚人は勝利のガッツポーズをとるのも忘れていたのを思い出した。

昨夜、調整ルームのベッドで眠れぬ夜を過ごしながら、どういうポーズで初勝利を飾ろうかと考えていたのに、あっけなく終わってしまった。だが、一着馬が入る枠場に馬を入れ、調教師や厩務員《きゅうむいん》、大勢の人から祝福されるうち、そんな些細《ささい》な悔いは拭《ぬぐ》い去られていった。それまでの緊張が解けたのと、高揚感が入り混じってぼんやりとしたまま、ウィナーズサークルに案内された。

ウィナーズサークルとは、レースで優勝した競走馬の関係者の表彰式を行う場所でもあり、馬場と客席の間、ちょうどゴール板の前あたりに設けられている。その中央に今、お立ち台が設置されていて、先輩騎手やスタッフ達に笑顔と拍手で迎えられる。その中の一人が、「祝・初勝利」のプラカードを手にしているのが見えて、そこで、ようやく一勝したという実感が湧いた。

「只今の勝利で、JRA初勝利となりました、大坂尚人騎手にお話を伺《うかが》います。おめでとうございます。圧勝でしたね」

尚人は祝福の言葉を聞きながら、銀縁《ぎんぶち》の眼鏡《めがね》をかけたアナウンサーの七三に分けた前髪に「白髪《しらが》が一本、交じっているな」とか、どうでもいい事を考えていた。

「はい。ありがとうございます」

風が冷たく、すっかり身体《からだ》は冷えきっているのに、顔だけが熱い。

観客から「おめでとう」、「かわいいよー」と声援が飛び、尚人は反射的に微笑《ほほえ》んだ。表情を引き締めようと思うのに、つい頬が緩んでしまったのだ。

「前のレースで落馬負傷した白鳥騎手の代わりに、急遽《きゆうきよ》の騎乗でした。陣営からはどういったレースを指示されていたんでしょうか」

「減量特典もあるのだから、気楽に行けとだけ言われました」

他にも身体が空いている騎手がいただろうに、新人への御祝儀がわりに、尚人は騎乗を任されたのだった。

「レースを振り返っていただけますか？」

「手応《てごた》えがめちゃくちゃ良く、僕はただ乗っかっているだけでした。いやぁ、こんないい状態の馬に乗せてもらえてラッキーでした。あ……」

その時、尚人の視界をよぎったものがあった。

集まった観衆の視線も、尚人からそちらに移る。

それは、三角巾で右腕を吊った男性で、白いズボンにジョッキーブーツという恰好《かっこう》だった。

めざとく気付いた観衆が「ユウゾー！」と呼びかけている。

ケイアイダークに乗るはずだった白鳥祐三が、こちらに向かって歩いてくるところで、アナウンサーが半《なか》ば興奮した様子で実況する。

「大坂騎手の記念すべき初勝利に、白鳥騎手が早速《さっそく》、祝福にかけつけて下さいました。皆さん、拍手で……。あぁっ！」

手を差し出され、てっきり握手を求められたのかと思ったが違った。尚人は祐三に肩を摑《つか》まれ、そのままお立ち台から引きずり降ろされた。バランスを崩してよろめくと、今度は脛《すね》を蹴られて、尚人はその場に尻もちをついた。

「調子こぐな！　この馬鹿たれがっ！」

何が起こっているのか考える間もなく、脳天に衝撃が走った。頭に、祐三の鉄拳《てっけん》が入ったのだった。

第一話　俺、騎手にならないと駄目ですか？

一

二〇二★年、夏――。

屋外では蟬《せみ》が鳴き、校舎に設けられた吹き抜けからは、夏の日差しが降り注いでいる。

カン……カン……カン……。

ラケットがシャトルの底部、コルクを叩く音が規則的に響く。

白鳥祐輝《ゆうき》は校舎内の空きスペースで自主練をしていた。シャトルに毛糸を通したものをラケットに取り付けて壁打ちの要領でラリーを続ける、シャトルヨーヨーと呼ばれる練習だ。

八月には茨城県南西地区の夏季大会が開催される。それが三年生最後の大会だから、祐輝は一試合でも多く勝ちたかった。熱を入れて練習したいのに、体育館は今、バレー部が占拠していて、ここで練習する他なかった。

冷房が切られた校舎は蒸し暑く、少し動いただけで汗が噴き出してくる。顎《あご》から汗がしたたり落ちたところで、動きを止めた。ラケットを放りだし、タオルで汗を拭っていると、ふいに後ろから声がした。

「白鳥は、競馬学校を受験すんだってな」

バドミントン部の顧問だった。振り返った拍子《ひょうし》に、手からタオルが床に落ちた。

社会科の教諭である顧問は、祐輝のクラスの受け持ちではない。「何故……」と呟いたのに、笑いをこらえるように顧問が言った。

「俺、学年主任だぜ。生徒の進路情報は筒抜けなんだって」

肩から力が抜けた。

「いい物持ってっから高校でも続けで欲しかったんだが……。まぁ、周りも期待してっぺしな」

顧問は四十を越しているはずだが、小柄なせいかずっと若く見える。喋りやすいのもあって、生徒達には兄のように慕われている。祐輝も同じで、顧問には素直に本音が言えた。

「でも、一応は高校受験も考えてて……」

高校の入試が行われるより、ずっと前に選考が行われるのだから、駄目なら普通に進学すればいい。競馬学校の説明会では、そんな風に言われた。

「だったら気抜かずに、受験勉強も続けろよ。厳しい世界だ。父親が騎手だからといって、そうそう簡単に合格させねえべしな」

茨城県美浦《みほ》村にあるこの中学校には、美浦トレーニング・センターで働く調教師や厩務員、騎手の子女が大勢通っている。美浦トレーニング・センターとは、茨城県稲敷《いなしき》郡美浦村にある、中央競馬の東日本地区における調教拠点で、ここで暮らす教員達も自然と競馬通になる。

「けんど、中学生で将来の仕事が決まってるちゅうのは、凄《すご》い事だぞ」

「俺、騎手にならないと駄目ですか？」

いつもいかなる時も穏《おだ》やかな顧問に問うてみた。

「馬が好きなんだっぺ？　美術の課題で馬の絵描いて、県展で入賞してたじゃねえが」

思いもよらない事を言われた。そんな顔をされた。

「厩舎にいる馬は、世話をしてやると懐《なつ》いてくれて、可愛《かわい》いと思います。でも……競走馬は怖いです」

「厩舎にいるのだって競走馬だ。それとも偉大な親父さんの功績を思い出して、怖気《おじけ》づいたか？」

俯《うつむ》いた拍子に、寝藁《ねわら》の切れ端が混じった泥が靴下に付いているのに気付いて舌打ちした。洗濯していない方を穿《は》いてきてしまったと。

――厩舎にいる時と競馬場でじゃ、馬は別の生き物になるんだ。

いつもは大人しい馬も、競馬場では猛獣と化す。競馬場のパドックで大量に発汗し、涎《よだれ》を垂らし、時には立ち上がって嘶《いなな》く馬を目にし、その度に心が痛んだ。

馬は可愛いけど怖い。

いつしか祐輝の中には、馬への愛と恐れ、そして競馬への嫌悪《けんお》が育っていた。にもかかわらず競馬学校を、それも騎手課程を受験する事になったのだ。

祐輝は昨年、トレセン内の乗馬スポーツ少年団に所属し、休日に指導を受けていた。美浦トレーニング・センターの近郊に居住している小学校五年生から高校三年生までが対象の乗馬クラスで、そこでは乗馬練習の他、馬装や手入れといった馬の取り扱い、厩舎作業を習う。

軽い気持ちで申し込んだのに、「亡くなった親父さんが喜ぶな」と言われ、周囲に流されるまま騎手課程を受験する事になってしまった。

「才能っちゅうもんは案外、自分では気付かねえんだな。バドミントン指導歴二十年の俺が見た生徒で、実業団まで行った奴が一人いたが、そいつは自分から志願してきたんじゃなく、俺がスカウトしたんだ。野球部の補欠で腐ってたのをな」

脚が速く、反射神経も抜群だった。だが、身体が大きくならず、「バットよりもラケットを振る方が向いている」と、声をかけたのだという。

「そんだがら、時には流れに任せるのも一つの方法だぞ」

祐輝の足元に置かれたラケットを拾うと、顧問はシャトルヨーヨーを始めた。腕を振るごとにラケットが空気を切り裂くような音を放ち、糸で結ばれたシャトルが放物線を描いて戻ってきたかと思うと、再び空間に向かって鋭く打ち放たれる。比べると、自分の動きはまるでお遊びだ。

「どうしても嫌だったら、試験会場でわざとヘマすればいいんだ。白紙で答案用紙出すとか。ん？　それとも、気にしてるのか？　あの事……。白鳥の親父さんが大坂尚人をぶっくらした事件を」

大坂尚人は、競馬ファンでなくとも名を知られている国民的騎手だ。外国人騎手にその座を奪われるまでは、長らくリーディングトップを争っていた。

「……それは僕が生まれる、ずっと前の話ですから」

「あの年、大坂は新人で最多勝利を記録したし、何年か後には親父さんを追い越してリーディングトップに立ったんだ。ぶっくらされた事なんか、屁《へ》とも思ってねえよ」

ラケットとシャトルを重ねて寄越《よこ》された。

「一旦、高校に入学した後で考えが変わったら、改めて競馬学校を受験し直してもいいし、その逆でもいい。若えんだがら、もっと気楽に考えろよ」

「お母さんも一度でいいから、こんな所に住んでみたい」

スマホに目を落としていた祐輝は、母の声に誘われるように、バスの窓の光景に目を向けた。駅前には千葉ニュータウンと呼ばれる低層の団地が並んでいる。

*

九月末、まだ残暑も厳しい時期に、祐輝は母の雅美《まさみ》と共に西船橋《にしふなばし》駅行のバスに乗車した。

「千葉は田舎《いなか》だって馬鹿にする人がいるけど、ここなら東京まで四十分で行けるじゃない」

ここ白井市は、千葉県の北西部に位置している。印西《いんざい》、鎌ケ谷《かまがや》、柏《かしわ》、船橋《ふなばし》に囲まれ、東京のベッドタウンとして知られている他、ＪＲＡ競馬学校がある事で有名な町だ。

「結婚してからずっと田舎暮らしだったでしょ？　そろそろ街に戻りたいのよね。祐輝が合格したら、真剣に考えようかな。遥《はるか》の高校受験の前に決断しないとね」

「合格するかどうか分かんないだろ。それに……」

駅前の団地街の風景が、一戸建ての家が整然と並ぶ住宅街へと変わり、唐突に畑が現れた。

「駅から離れたら、ここだって田舎じゃないか」

やがて、バスは左折し、木下《きおろし》街道に入った。

「この道を真《ま》っ直《す》ぐ走ると、船橋駅よね。言わなかったっけ？　お父さんとお母さんは、中山《なかやま》競馬場で知り合ったって。お母さんが二十歳《はたち》の時」

返事をせずにいると、雅美は続けた。

「馬主さんに引き合わされたの。お母さん、成人式の写真を撮影した後だったから振袖《ふりそで》を着てて……」

そこで言葉を切ると、おかしそうにくすくす笑い出す。

「そのまま料亭みたいなとこに連れて行かれて、まるでお見合い。馬主さんがいる間はお父さんも殊勝《しゅしょう》にしてたけど、二人きりにされた途端、不機嫌《ふきげん》になっちゃって……。早く帰りたかったみたいよ」

当時の父はデビューしてから十数年が経《た》った中堅騎手で、結婚する気配がなかったから か、見兼ねた関係者がお節介を焼いたらしい。

「だから、第一印象は『怖そうなおじさん』だった。馬主さんが帰ったら全く喋《しゃべ》ってくれなくなったし、ニコリともしない。自分の方が一回り近く年上なのに大人気《おとなげ》ない。だから、お母さんも意地になって黙っていたの」

だが、二人はどういう経緯があってか結婚して、祐輝と妹の遥をもうけた。

「馬主さんに、『態度が悪かった』ってチクってやったの。そうしたら、次に会った時はやたらとニコニコして、スマートにエスコートしてくれた。やればできるのよ。やれば」

「第一印象が最悪という割りに、ほいほい二度目の誘いに乗ったのかよ」

雅美は「ふふっ」と笑う。

「彼氏が騎手……というのも、悪くないかと思って」

当時の父は、関東リーディング一位の騎手で、メディアにも頻繁《ひんぱん》に取り上げられていたから、そこに惹かれたのだろう。

「当時はおじさんだと思ってたけど、今から思えば若い、若い。実際の年齢より落ち着いて見えたし……。でも、随分とモテたみたいだから、まだまだ独身生活を楽しみたかったんでしょ。結婚してからは、私一筋だったけどね」

「母ちゃんが怖くて浮気できなかったんだろ」

小声でボソリと呟《つぶや》く。

「何か言った？」

「いや、別に……」

その時、右手に緑色の看板が見えた。ＪＲＡのロゴマークの横に「競馬学校」と白抜きで書かれている。

その看板を追い越した少し先に、「富笠《とみかさ》道・競馬学校」の停留所がある。バスが停《と》まると、祐輝と同様に保護者連れの受験生達が、キャリーカートを手に立ち上がった。

彼らとつかず離れずの距離をとって道路を渡り、木下街道から数百メートル入った場所にある正門へと向かう。アイアンの門扉《もんぴ》の脇に守衛室があり、そこで「騎手課程二次試験の受験者です」と伝える。

ここに来るのは説明会を含めて三度目だった。

八月に行われた一次試験は全国各地の会場で開催されたが、祐輝はここ、競馬学校で受験した。祐輝が暮らす美浦村から一番近い会場だったからだ。その内容は身体検査、運動機能検査、学科試験、そして面接だった。

運動機能検査では、筋力、バランス、柔軟性、俊敏性を見る為に、懸垂や一分間の反復横跳び、立ち幅跳びを二回、片足での爪先立ち、しゃがみ込み――両手を前に出し、踵をつけてのスクワット――が行われた。つまり、普通の運動ができれば良いのだ。

それにもかかわらず、二〇〇名近くの受験者がいたのに、一次試験を通過したのは三十名。さらに二次試験を突破できるのは、そのなかの七名程度となっている。合格率は五％未満という狭き門なのだ。

他の受験生達と建物の陰で待機していると、「雅美さん」と呼ぶ声が聞こえた。

「小森《こもり》くん！」

母が素《す》っ頓狂《とんきょう》な声を上げた。

昨年、騎手を引退し、競馬学校の教官になった小森東彦《はるひこ》だった。詰襟《つめえり》に金の前ボタンが並んだ黒い上衣《うわぎ》は、襟《えり》と袖口《そでぐち》に金の飾りがついており、同じ色のズボンとブーツを履いた様は軍服を思わせた。

「見違えたわ。似合ってるじゃない」

頭のてっぺんから爪先《つまさき》までじろじろ見回され、居心地《いごこち》悪くなったのか、小森が苦笑いをした。

「うちの人のお葬式以来かしら？」

「すみません。祐さんの三回忌《さんかいき》には、改めてお線香を上げに行きたいと思いながら、すっかりご無沙汰《ぶさた》して……」

感極まったのか、涙声になる。

「まだお若かったのに残念です。志半《こころざしなか》ばで……祐さんも悔しかったでしょう。だけど、こうやって息子さんが立派に育って……」

周囲の視線が自分に集まるのを感じ、祐輝はかっと頰《ほお》が熱くなる。

「三年後には祐さんの代わりに美浦を盛り上げて、祐さんが果たせなかったダービーを勝って欲しい。そう考えただけで、僕は……」

人目をはばからず、袖で目元を覆《おお》う。

「何も泣かなくたっていいじゃない。それに、まだ合格した訳でもないんだし、気が早いわよ」

ヒソヒソと話す声が聞こえた。

「あの子は？」

「どうせ競馬サークルの出身だろ？　多分、騎手の息子」

祐輝は唇をぐっと引き結び、無遠慮な視線を撥《は》ねつけるように背中を向けた。

競馬サークルとは、馬主、生産者および調教師、調教助手、騎手、厩務員など厩舎関係者の他、獣医師、装蹄師《そうていし》、ＪＲＡとその関係団体のスタッフなど、競馬関係者の総称だ。

その時、場の空気が変わった。

「ちょっと、あれ……」

ざわめく声に振り返ると、守衛室の前に一際《ひときわ》目を引く一家が立っていた。

「大坂騎手だ！」

「という事は、一緒にいるのは奥様の美山《みやま》ルミ？　二人が揃《そろ》うと、凄いオーラだね」

「ひょっとしたら、大坂騎手の息子と同期になるのか……」

父親の陰に隠れるように立つ少年を見ようと、皆が身を乗り出した。

雅美が小森に小声で囁《ささや》いた。

「あちらの息子さん、確か祐輝の一個上なのよね。去年の入学者に名前がなかったから、てっきり騎手にはならないのかと思ってたら……」

「魁人《かいと》くんは一度、普通科の高校に進学したんです。でも、中退して競馬学校を受験し直しました。お母さんが受験に反対していたんだけどなぁ……。何か心境の変化があったんですかね」

大坂魁人の母親・美山ルミはタレントで、そう背は高くないもののスタイルが良く、遠目にも綺麗《きれい》な人だと分かる。

「遅くなりました。お待たせして申し訳ありません」

小走りで駆けてくると、尚人は折り目正しく一同に頭を下げた。他の父親と同様、紺《こん》のスーツを着ているが、無駄な贅肉《ぜいにく》がついていない分、垢《あか》ぬけて見えた。その上、歌舞伎《かぶき》役者のような整った顔をしていて、集まった母親達がうっとりと眺《なが》めている。

「尚《なお》ちゃん、さっさと一人だけ先に行かないでよ！　もうっ！」

美山ルミが長い髪を揺らしながら、尚人の後を追ってきた。面接用の地味なスーツを着ていても何処《どこ》か他の母親達とは違う。祐輝の前を通り過ぎる時に、ほんのりと良い香りが漂ってきた。

「ほら、カイくんも早く」

魁人は大坂尚人の一人息子だ。びっくりするぐらい色が白く、両親譲りの整った外見だが、つい先ほどまで寝ていたような、ぼんやりした表情で歩いていた。

「奥様、相変わらずお綺麗ねぇ。息子さんも可愛らしい顔してるし」

雅美の溜息《ためいき》が聞こえた。

「じろじろ見るなよ。恥ずかしい」と言いつつも、皆の興味が大坂一家に移ったから、ほっとする。大坂一家の登場は、一瞬で辺りの空気を変えてしまった。

「向こうはテレビに出てるんだから、綺麗で当たり前だろ。それが仕事なんだ」

「それはそうなんだけど……。あーあ、私もマニキュアぐらい塗ってくれば良かったな」

顔の前に手をかざしながら、雅美は再び溜息をついた。

雅美も以前はルミのように髪を長く伸ばし、お洒落《しゃれ》に手をかけていた。それが、父が亡くなった後、バッサリと髪を短く切って明るい栗色《くりいろ》に染め、その代わりにろくに化粧をしなくなった。祐輝と遥の為に仕事を始めたから、お洒落どころではなくなったのだろう。

「でも、まさか大坂さんとこの子と、一緒に騎手を目指す事になるなんて……。お父さんが生きてたら、何て言ったかしら」

「だから、父さんは関係ないだろ」

「やっぱりご挨拶《あいさつ》した方がいいかしら？　同級生になるんだから、祐輝とは仲良くして欲しいし……」

「向こうが知らん顔してるんだ。放っておけよ。ていうか、まだ俺も向こうも合格してないんだけど」

同じ競馬サークルにいるとはいえ、大坂騎手は関西は滋賀県にある栗東《りっとう》トレーニング・

センターの所属だ。父親同士は競馬場で顔を合わせていたが、だからと言って家族同士も懇意《こんい》という訳ではない。

魁人とも子供の頃に競馬場ですれ違った事があるぐらいで、これまでまともに口をきいた事もなければ、最後に会ったのがいつかも覚えていない。

その時、職員が手でメガホンを作り、声を張った。

「騎手課程二次試験受験者の保護者様。これより保護者面接を始めますので、移動をお願いいたします。繰り返します。保護者面接を受けられる保護者様は、こちらにお並び下さい！」

二次試験では、面接は本人だけでなく保護者に対しても行われる。そして、面接を受けた保護者は先に帰り、受験者は今から、四泊五日の合宿形式の二次試験を受ける。具体的には、体重測定、健康診断の他に、運動機能検査、騎乗適性検査、性格適性検査などで、騎手の卵としての適性がきめ細かくチェックされるのだ。

乗馬歴は問われないものの、体重に関しては厳格で、定められた体重をオーバーしていた時点で不合格になる。

「今から寮へ行きます。そこで荷物を置いたら、校内の施設を案内します」

受験生達は、荷物を手にぞろぞろと移動を始める。

何処からか馬の嘶く声が聞こえてくる。寮の裏が厩舎になっており、道路を挟んだ向こう側には、規模は小さいものの馬を走らせるコースがあった。

「白鳥くん、久しぶりぃ」

いきなりボーイソプラノで話しかけられ、ぎょっとした。

振り返ると、大坂魁人だった。

「な、何？」

心持ち身体を離す。「久しぶり」と言われるほど親しく喋った記憶はない。

「一次試験の合格者に騎手二世がいるって聞いて、ずっと気になってた。白鳥くんやってんなぁ。一緒に合格しよな。あ、僕の事はカイトって呼んで。カイくんでもええで。白鳥くんの事は『ゆっぴ』でええ？」

戸惑《とまど》っていると、もう一度「ゆっぴ」と繰り返された。

「ゆ……ゆっぴ？　それ、俺の事か？」

「そう。僕の親友に『祐樹』がおるから、別の呼び名を考えてん。可愛いやろ」

どう反応すればいいのか分からず、固まる。

「なぁ、ゆっぴ。あの中に、タイプの子おる？」

受験生の中に女子が三名ほどいたが、いきなり「好みのタイプ」を聞かれても困るし、それより妙に懐かれるのが気味悪かった。

「女の子て、よう見てたら一つぐらいは可愛いとこあるねんで」

「騎手になるのに、女を見る目なんて必要ないだろ？」

素っ気《そけ》なく言った祐輝に向かって、魁人は言った。

「もしかして、ゆっぴは彼女とかいーひんの？」

――何だ？　こいつ。

どういう理由で父が尚人を殴ったかは分からない。だが、仮に尚人が魁人のような性格であったなら、その気持ちが少しだけ理解できた。

＊

十月二十日。

令和◎年度競馬学校騎手課程（第★期）入学試験合格者が、ＪＲＡ公式サイトにて発表された。同時に各メディアも紙面に記事を掲載した。

――ＪＲＡは二十日、来年四月入学予定の令和◎年度競馬学校騎手課程（第★期）の入学試験合格者五人（うち女性一人）を発表した。合格者の氏名は次の通り。このうち、大坂魁人君は大坂尚人騎手の、白鳥祐輝君は故・白鳥祐三元騎手の長男。

麻生《あそう》和馬《かずま》　十四歳　男
大坂《おおさか》魁人《かいと》　十六歳　男
白鳥《しらとり》祐輝《ゆうき》　十四歳　男
須山《すやま》壮一郎《そういちろう》　十五歳　男
松尾《まつお》楓子《ふうこ》　十六歳　女

以上五名

＊年齢は令和◎年十月二十日現在

応募状況

応募者　一九七名
受験者　一八九名
一次試験合格者　三十名
二次試験受験者　三十名
二次試験合格者　五名

二

午前七時半。

肌を切り裂くような早朝の寒さの中、辺りには地響きだけが轟《とどろ》いていた。

その日、祐輝は美浦トレーニング・センター南馬場の、調教スタンド三階にいた。

スタンドはコースに面して全面ガラス張りで、競馬場と同じような形で馬が走るのを観られるようになっている。

今日、水曜日は週末にレースに出走する馬に強めの調教が行われる。いわゆる「追い切り」だ。

ここ三階には、追い切りを取材するメディアが集まっている。スポーツ紙の予想記者の他、全国紙、通信社の記者が、主力馬のタイムや動きを見て記事を書く材料にするのだ。

彼らは双眼鏡を手に忙しくメモを取り、時には電話をかけながらタイムを読み上げる。

薄《う》っすらとモヤが漂う中、調教助手を乗せた馬が次々とコースに入ってくる。

ズボンの後ろにステッキを差し込んだ助手が、腰を浮かせた前傾姿勢で馬を追い始めると、ステッキがアンテナのように立ち上がる。子供の頃の祐輝は、それを見る度にリモコンで動くラジコンカーを思い出した。

馬は二頭で併走したり、単独で追ったりと、各々《おのおの》のペースで駆けて行く。

コースは内から、砂を敷いたダート、杉と赤松の混合剤のウッドチップ、芝。次に電線被覆《ひふく》材、ポリエステル不織布《ふしょくふ》、珪砂《けいさ》、ワックス等を混合したニューポリトラック。そして一番外には、東京《とうきょう》競馬場の芝コースとほぼ同じ距離、一周二一五〇メートルのダートコースがある。

美浦トレーニング・センターは、滋賀県にある栗東トレーニング・センターよりも規模が大きく、北馬場、南馬場と呼ばれるコースが二つ設置されている。ここにトレセンを設置する際に、万が一の時には美浦で競馬を開催する事を考えて、このような大規模な施設が建設されたと聞くが、今では北馬場は閉鎖され、そこに新たに厩舎が建ち、競走馬診療所が移転する予定だ。

また、二〇一八年に着手された大規模改造により、坂路《はんろ》コースを地下から掘り下げて高低差を大きくし、距離も延ばされた。坂路コースが短かったせいで、美浦は長らくレース結果で栗東に後《おく》れをとっていた。

その坂路コースは、調教スタンドの右方向の地下からスタートし、そこから周回調教コースの外側を回す形で作られている。

完成した際には、祐輝も見学させてもらったが、長い地下馬道《ちかばどう》を歩いて地上に出ると、そびえ立ったコンクリートの壁に囲まれ、まるで深いダムの底にいるような威圧感を覚えた。

　新しい坂路コースの成果は徐々に出ており、イクノイックスという名馬も輩出した。

　また、トレセンの中には厩務員や騎手、職員の為の宿舎があり、美浦村の人口の約三割となる五〇〇〇人が暮らしていた。対して、収容されている馬は二〇〇〇頭だ。

　父は結婚する前にトレセンの外に自宅を建てていたから、祐輝はここで暮らした事はなかった。それでも、馬運車が頻繁に行き来するのを目にしたり、近所のショッピングセンターには馬具専門店が入っていたりと、競馬は当たり前に生活に入り込んでいた。

　近くには競走馬を育成したり休養させる為の牧場、馬の輸送や飼料販売を手がける業者などもあり、いわゆる「競馬村」が形成されている。

　雅美が「田舎だ」と言うように、常に馬の気配があり、最寄《もよ》り駅の常磐《じようばん》線土浦《つちうら》駅までバスで四十分もかかる立地だ。

　暫《しばら》く三階で追い切りを見学した後、祐輝は一階に降りた。食堂で時間を潰《つぶ》していると、仕事を終えた助手や騎手が入ってきた。

「よ、祐輝じゃねーが」

　顔見知りの騎手が祐輝に向かって手を上げる。父と同期だから、四十半ば過ぎのベテラン騎手だ。

「やったな。おめでとう」

傍《そば》に寄ると酒臭い。昨晩は、だいぶ飲んだようだ。

「いつまでも子供のつもりでいたら、三年後には騎手になってるかもしんねぇんだな。そりゃ年とるはずだ」

そう言って、目尻に皺《しわ》を寄せる。

「今日はどうした？　皆にお別れか？」

「元橋《もとはし》先生に呼ばれて……」

元橋は騎手出身の調教師だ。父が騎手課程を卒業した後、最初に所属した厩舎の先輩でもある。つまり、父の兄弟子に当たる。

「テキに呼ばれたのに、何でこーたどごにいんだ？」

テキというのは調教師を指す隠語だった。

「さすがに二階の調教師席は……入りづらいです」

「一緒に行ぐべ」

エレベーターに乗ると、その背中に張り付くようにして調教師席に入る。

追い切りもそろそろ終盤で、がらんとして人気《ひとけ》がない。室内に設置されたモニターで追い切りの模様を見ている調教師が一人、二人、いるきりだ。調教師は追い切りの指示を出し、週末に出走する馬の状態をチェックする。強めに追うか、軽く流すか、二頭併せて追うかなど、メニューを決めるのは調教師の仕事だった。

か？」

「元橋さんなら、とっくに厩舎に帰ったよ。忘れられてたみたいだな。呼び戻してやろうか？」

調教師の一人が、ポケットからスマホを取り出す。

「こっちから行きます」

外に出た途端《とたん》、冷たい風が絡《から》みつき、暖房で温められた身体から瞬《またた》く間に体温を奪ってゆく。肩をすぼめ、ダウンジャケットのファスナーを襟元まで上げた。そして、止めておいた自転車に跨《またが》る。

舗装された車道を自転車で走っていると、切りつけるような風が頬をかすめる。そして、「馬横断注意」や「馬最優先」の看板が目を引く。ここでは車より馬が優先されるのだ。

今、馬道は調教を終えた馬達で溢《あふ》れ、気温が低いせいで、馬の吐く息で辺りが白くけぶっている。

重賞を勝った馬は馬名入りのゼッケンを付けているが、それ以外はナンバーだけが印字されているから、どれがどの馬か分からない。

「合格、おめでとう！」

「やったな。祐輝」

道中、祐輝に気付いた若手騎手や助手が、馬上から声をかけてくる。その度に立ち止まって挨拶しながら、元橋厩舎へと向かった。

美浦トレーニング・センターの総面積は約二二四万平方メートルで、東京ドームの約四十八倍もある。そのうち厩舎地区は五五万七〇〇〇平方メートルだから、総面積の四分の一を占めていた。広い上に、馬房と居室を含めた横に長細い建物と、洗い場、繋ぎ場が前庭を挟んで平行に並ぶという全く同じレイアウトの厩舎が一〇八棟もあるから、慣れた者でも迷う。

案の定、祐輝も途中で迷ってしまった。変わり映えのしない景色の中を、何度も行ったり来たりするうち、ようやく「元橋」と書かれた建物を見つけた時には、随分と時間が経っていた。

トレセンでは今、改修工事が行われていて、厩舎も新しく建て替えられているが、元橋厩舎は古い厩舎を使っている。それも、来年には引っ越し予定だと聞いている。

厩舎に足を踏み入れると、広々とした通路のようなスペースが奥に向かって一直線に伸び、向かって右側に居室や馬房《ばぼう》、左側には繋ぎ場がある。ちょうど道具を積んだ車が止まっていて、前掛けをした装蹄師が、馬の蹄《ひづめ》に蹄鉄を打っている最中だった。

新厩舎には、牧場などで一般的に採用されている対面式の馬房が設けられているのに対し、旧厩舎の馬房は一列に並んでいる。馬房に入ると、調教を終えた馬達が食事中だった。馬を右手に見ながら奥に進むと、元橋は馬糧庫《ばりょうこ》にいて、スタッフに何か指示を与えていた。

「や、自分で呼んどいて、すっかり忘れちまってよぉ。わりぃ、わりぃ」

祐輝を見ると、ニヤニヤしながら白髪交じりの頭をかいている。そして、ついて来いといいたげに手を振ると、今、祐輝が歩いてきた経路を進んでゆく。

「渡したい物があってさ。雅美さんに渡しても良かったんだけど、やっぱ直接、手渡したくて……」

先に立って歩きながら、馬房から顔をつき出した馬の顔を、元橋は順に撫でていく。それを真似《まね》て同じように馬を触っていたら、中の一頭からベロリと顔を舐《な》められた。

向かった先は厩舎に入ってすぐの、居室とされる建物だ。元橋厩舎では事務室として使われていて、壁には管理馬のスケジュールやスタッフの当番表、重賞を勝った所属馬の写真が所狭しと貼られていた。

「そこで待っててな」

祐輝は部屋の中央に置かれた丸テーブルに座る。

壁際に置かれた液晶テレビに、自分の顔が映っていた。伸びた髪を撫でながら、「散髪に行かないと」と考えていると、元橋が大きな箱をテーブルに置いた。

「祐三からもらったものが残ってんの。せっかくの機会だから、祐輝に託そうと思ってな」

箱の中身はレースブーツだった。上の部分、化粧革《けしょうがわ》が紺色で、持ってみると驚くほど軽い。

「現役時代の俺は上から下まで真っ黒のブーツばかり履いてたんだが、祐三がこの色でオーダーして、プレゼントしてくれた訳よ。もっとも、こいつを使う機会もないまま引退したから、陽の目を見なくてよ。どうだ？　サイズは？　俺の足型に合わせてっから、どっかきついとこがあるかもなぁ」

勧められて試し履きすると、祐輝には少し大きかった。

「まだ多少は背が伸びるだろうし、卒業する頃には、ちょうどいいサイズになってるだろう。持って帰っとけ」

その時、「テキー」と声がした。

「おぉ、雅美さん。ちょうど良かった。祐輝が来てるんだ」

扉の隙間《すきま》から、雅美が顔を覗《のぞ》かせた。

父が亡くなった後、雅美が仕事を探していると聞いた元橋が、事務員として雅美を雇《やと》ったのだった。

「祐三がいなくなって、今度は息子が家を出て行く……。寂《さび》しくなるね」

「何を言ってるんですか。テキにこき使われてて、寂しがってる暇《ひま》もないですよ」

そう言って、雅美は元橋の背中をパシンと叩いた。

元橋厩舎のスタッフは厩務員十人の他、攻専《せめせん》と呼ばれる調教を専門に行う助手が二人いる。「事務員」の役割はよく分からないが、雅美の荒れた手を見ている限りでは、デスクワーク以外に水仕事や何らかの雑用も手伝うのだろう。

「雅美さんもまだまだ若いんだ。祐輝が家を出たら、第二の青春を楽しまないとな」

二十歳そこそこで結婚して、すぐに祐輝を産んだとは言え、雅美は三十半ばを過ぎている。祐輝の感覚だと「おばさん」だが、世間的には若いらしい。

父が亡くなった後、雅美は周囲から幾《いく》つか再婚話をもちかけられていたが、それに反発するように自活する道を選んだ。これまで働いた経験もなく家庭に入ったのもあり、心の何処かで「仕事をしたい」と考えていたようだ。まだ暗いうちに起きて出勤し、子供達の通学時間に合わせて帰宅し、一緒に朝食をとった後、またトレセンに戻っていた。

「祐輝。卒業したら元橋厩舎の所属にしてもらえるように、頑張《がんば》るのよ」

「いやいや、雅美さん。祐三の息子なんだから、うちよりもっと有力な厩舎から引く手あまたさ」

「テキ、それは買いかぶりすぎ。あの人と違って、この子は気が弱いから……」

そう呟いた雅美に、元橋は被《かぶ》せるように言った。

「雅美さん。この年頃の子供は、親が知らない間にびっくりするぐらい成長する。逞《たくま》しくなって戻ってくるさ。な、祐輝」

ポンと肩に手が置かれ、そのまま左右に揺すられる。

突如《とつじょ》、東京競馬場のGⅠファンファーレが何処からか聞こえてきた。携帯電話の着信音だった。元橋はポケットからスマホを取り出し、「お世話になってます」と応対した。

「……予定通り、明日の午後に行きます。馬主さんの了解ももらってます。はい、はい。どうも」

電話を切ると、今度は別の誰かに電話をかけている。

相手はいずれも牧場のようだ。

現在、元橋厩舎の管理馬は五十頭近くいて、トレセンの厩舎にいる二十頭以外は放牧に出されていたり、外厩《がいきゅう》で調教を行ったりしている。外厩というのは文字通り、トレセンの外にある厩舎のことだ。外厩には調教施設が備えられており、プロによる調教が受けられる。

美浦にしろ栗東にしろ、トレセンの中の各厩舎は、どこも限られた馬房数を超える数の馬を管理している。そのためレースに出走するまでに間がある馬は、外厩で休養したり、調教をして仕上げてゆくのだ。そして、出走が近い馬を牧場から呼び戻したり、出走直後の馬を外に出したりといった馬のやり繰りは、調教師が行う。

追い切り後の調教師のスケジュールは過密だ。

木曜日は朝から管理馬の状態をチェックした後、美浦近郊の牧場に預けている馬の状態を見に行き、午後には戻って、週末に出走させる馬の出馬投票を行う。

金曜日の午後には管理馬を出走させる競馬場へ移動し、土曜日と日曜日は出走させた馬のレースに立ち会う。複数の開催場所に出走させる場合は、その都度、移動する。

そして、調教師が外を飛び回っている間もトレセンでは馬の調教が行われているから、そちらにも気を配る。

トレセンの休日である月曜日も、調教師はゆっくり休んでいられない。管理馬の状態を把握《はあく》する為に、遠方の牧場まで出かけてゆく。その間に、馬の出走レースを決めて騎乗者を手配し、調教メニューも考えるのだ。

「雅美さん、これ、先方さんに送っといて」

A4サイズの紙を、テーブルに滑らせる。

「あ、祐輝。待ちなさい」

元橋と雅美が仕事の話を始めたので、荷物を手に外に出ようとしたら引き留められた。

「荷物はお母さんが車に積んで持って帰ってあげる」

自転車の前かごに載せるとかさばるので、素直に母の言う通りにした。

「あと、お祝いを貰《もら》ってるから、渋谷《しぶや》くんにも御礼を言っときなさい」

渋谷は洗い場で、追い切りを終えた担当馬を洗っていた。昨年、競馬学校の厩務員課程を卒業したばかりで、ちょうど欠員があった元橋厩舎に運良く雇用された。もうすぐ二十三歳になる。厩舎のスタッフが開催したバーベキューに祐輝も招待され、それが縁で仲良くなった。

「合格、おめでとう」

祐輝を見るや、ホースを握った手を下ろし、笑顔を向けてきた。ホースから流れる水を飲もうと、馬が首を伸ばす。

「羨《うらや》ましいよ。俺の代わりに夢をかなえてくれよ」

渋谷は元々は騎手を目指していた。だが、受験する頃には身長が伸びて体重管理が難しくなり、一旦は北海道の農業高校に進学し、牧場に就職をした。その後「もっと競馬に近い場所で馬に触れたい」と、厩務員課程を受験したのだった。

「せっかくだから、一緒に飯でも食おう。俺の奢《おご》りだ。と言っても、厩務員食堂だがな」

トレセンの中には、安くて美味《おい》しい職員専用の食堂があるのだ。

時刻は九時を過ぎていた。

「そのへんで適当に時間、潰してて」

仕事の邪魔をしないように、祐輝は洗い場を離れた。時間を潰すといっても、厩舎地区にはコンビニなどない。結局、敷地の東側にあるショッピングセンターに自転車で向かった。その辺りに厩務員食堂や厚生会館、診療所といった施設が固まっているのだ。

途中、厩舎の洗濯《せんたく》物干し場に吊《つ》るしたメンコや洗濯物が、ひらひらと舞うのが見えた。

色彩のない風景の中、赤や黄色、ブルーの華やかな色どりが目を引く。

馬達は皆、厩舎に戻ったのだろう。先ほどまで隊列ができていた馬道に、馬の姿はなかった。その代わりに、所々に小さな輪ができている。週末のレースに馬を出走させる予定の調教師が、マスコミの取材を受けているのだ。

厩舎地区を抜けると、やがて職員の宿舎が建つエリアへと出る。

ショッピングセンターはその一角、正門前にある。以前は生鮮食品を販売していたり、旅行会社が入っていたりして活気があったらしいが、テナントが減った今は、閑散《かんさん》としている。

建物の中をうろうろしていると、渋谷から着信があった。既に厩務員食堂に到着したという。

厩務員食堂は厩舎の従業員の福利厚生施設だ。一般客も利用できるが、調教助手と厩務員のみ、五十円から一〇〇円ほど価格が低く設定されている。

「祐輝、こっちだ」

食堂の入り口で、渋谷は待っていた。

「俺は唐揚げ定食、ご飯大盛。祐輝はどうする?」

ホワイトボードには「本日の定食」として、トンカツや豚《ぶた》バラ生姜《しょうが》焼き、鯵《あじ》フライなどボリューム満点の料理が並んでいる。

「同じのにする。でも、ご飯は……少な目で」

「だよな」

騎手課程では入学後も上限体重が決められていて、超過が重なれば退学に追い込まれる。だから、入学前に体重を増やす訳にはいかない。

渋谷はカウンターで唐揚げ定食を二つ注文した後、長靴を脱いで小あがり席で胡坐《あぐら》をかいた。

「今から揚《あ》げるから、十分ほどかかるって。腹が減ってるのになぁ……」

そう言って、お腹をさすった。

隣の座卓で食事中の若い調教助手は、カレーライスとラーメンを交互に食べている。見ているだけでゲップが出そうな組み合わせだが、早朝から働く彼らにとって、午前十時はランチタイムなのだ。

ここでは馬を中心に生活する。

馬は暑さに弱く、寒さに強い。だから、トレセンでは春と秋は朝の六時、夏は五時に馬場が開場する。逆に冬は日が昇るのが遅く、地面も凍っているので七時が開場時間だ。当然、調教も馬場の開場時間に合わせて始めるから、厩舎で働く者は夏は午前二時に、今の季節は四時には起きて仕事に向かう。

厩務員は一人で二頭の馬を担当していて、朝一番に体温チェック、馬房の掃除を行う。

そして、馬が追い切りを終えたら体を洗い、その後に飼い葉を与える。もちろん、飼い葉も二頭分作る。馬が体調を崩せば付きっ切りで世話をし、休日返上という事もあるから、馬が好きでないとできない仕事だ。

「お待たせしました。唐揚げ定食でお待ちの二名様——」

「呼ばれた、呼ばれた」

二人して、カウンターへ向かう。

唐揚げは、皿からこぼれ落ちそうなぐらいボリュームがあった。これにご飯と味噌汁《みそしる》に漬物、果物が付く。セルフサービスのマヨネーズやドレッシングをサラダに回しかけ、料理が載った盆を手に席に戻る。

久しぶりの温かい食事に、祐輝は会話を忘れてがっついた。

渋谷も箸《はし》が止まらない様子だ。

「やっぱり作りたての料理は美味《うま》いです」

「あれ？　雅美さんは食事を作ってくれないの？」

父が亡くなって以来、コロッケやサラダのような買ってきた惣菜《そうざい》が増えた気がする。働き始めてからは、さらに手抜きに拍車がかかり、皿に移し替える事もしなくなった。

今は荒れてガサガサになっている雅美の手も、以前は美山ルミと同じように綺麗にマニキュアが塗られ、時にはビーズの飾りまで付いていたのを思い出す。

「馬の仕事って、大変すよね」

「何？　改まって」

「馬が中心の生活だし、休みの日だって、馬になにかあれば出勤するじゃないですか」

「すぐに慣れるよ」

渋谷は盛大に欠伸《あくび》をした。

「今日も飯食ったら、宿舎に帰って昼寝だ。会社にでも勤めてたら、しゃかりきになって働いてる時間帯だな」

休憩した後は午後二時頃に厩舎に戻って馬房を清掃し、飼い葉を与えたら、午後五時頃になっている。そして、ようやく長い一日が終わるのだ。

厩舎で働き始めた頃、渋谷は馬に合わせた生活で体調を崩し、一時は退職するのではないかと、雅美が心配していた。

「最初の頃は晩飯を食べたら布団に入って、夜中に起きたりしてたけど、寝られないんだよ。『昼とか夜とか気にしないで、寝られる時に寝とけ』って教えてもらってから楽になったけど。……それより、どうした？　元気ないぞ。せっかく競馬学校に合格したのに、冴《さ》えない顔して」

途中から箸が進まなくなった祐輝に、渋谷は訝《いぶか》し気《げ》な顔をした。

「あんまり嬉《うれ》しそうじゃないな」

「そんな事ないっす。ただ、まだ実感が湧かなくて……。俺、本当に騎手になれんのかなって」

「祐輝《あきら》。騎手課程は、誰でも入れる訳じゃないぜ。俺みたいに体がデカくなって、泣く泣く諦める奴だっているんだ」

贅沢《ぜいたく》な悩みだと言われた気がした。

沈んだ空気を吹き飛ばすように、渋谷がパンと手を叩いた。

「俺は騎手にはなれなかったけど、今の生活に満足してる。本当だぜ。馬は可愛いし、担当馬が勝った時はテンションあがるし……。好きな事を仕事にできるって、こんなに幸せなんだな。今はそう思う」

つるんとした渋谷の顔を見ながら、祐輝は考えた。

——渋谷くん、まるで自分に言い聞かせてるみたいだ。

こうやって、人は自分の人生に折り合いをつけて行くんだろうか？

そして、祐輝もいつかは胸を張って、騎手を目指す自分を受け入れられるようになるんだろうか？

三

「うわぁ、かぁわいーい」

パドックを周回する馬にスマホを向けながら、遥が声を上げる。

阪神《はんしん》競馬場のパドックは、阪急《はんきゅう》電鉄今津《いまづ》線の仁川《にがわ》駅と地下通路で直結する正門を入ってすぐの所にあった。大きな屋根が特徴で、雨天でも傘を差さずに観覧できるのが売りだ。また、構造がすり鉢状になっていて、今、祐輝達がいる二階からは、見下ろす形になる。

「お兄ちゃん、見て！　見て！」

妹の遥が腕を絡めてくるのを、ふりほどく。

「馬なんて、別に珍しくないだろ」

トレセンには一般開放している乗馬苑があるし、自宅の近くでも競走馬を載せた馬運車にしょっちゅう出くわす。

「あ、あの子はたてがみを編んでもらってる。真っ白なリボン、かーわーいーいー！」

再びスマホのカメラを向ける。

「いちいち大声出すな。馬が驚く」

注意すると、思い切り足を踏んづけられた。

「痛っ！　何すんだよ！」

「ウザい！　マジで、ウ・ザ・い！」

遥がスカートの裾《すそ》を翻《ひるがえ》しながら雅美がいる場所まで走っていく。「お母さーん、お兄ちゃんが……」と言いながら。

競馬村に住んでいながら、遥はこれまで馬に全く興味を示さなかったし、「こんな馬糞《ばふん》臭《くさ》い田舎は嫌」とまで言っていた。

祐輝が騎手課程に合格した時も、「ふうん」と素っ気ない反応だったし、入学前の研修を兼ねて阪神競馬場の見学会に家族が招待された時も、「旅行はしたいけど、競馬場には行きたくない」と文句を言っていた。

その遥は今、雅美に腕を絡めながら、「かわいい、かわいい」を繰り返している。

――お前、「馬が可愛い」って言ってる自分を可愛いって思ってるだろ！　絶対に。

二人から少し離れた場所で腕組みしていると、横からつんつんと突《つつ》かれた。

「あの子、ゆっぴの妹ちゃん？　かわいいなぁ」

魁人だった。

「嘘《うそ》つけ。ただの不細工《ぶさいく》だろ」

兄妹そろって父親に似ていて、遥はいつも鏡を見ては溜息をついていた。

「大坂は……一人なのか？」

　父親の尚人は今日のレースに騎乗するから当然として、母親のルミの姿までない。

「友達と約束があるねんて。阪神競馬場はしょっちゅう来てるし、一人で行ってこいって言われた。それから、僕の事はカイトかカイくんって呼んでやー」

　そして、再び遥に目を向ける。

「ええなぁ、妹。ずっと妹が欲しかったから、ゆっぴが羨ましいわ。なぁ、『最近、妹が僕を好きすぎる』見てる？」

「はぁ？　見てない……というか、知らない」

「え！　有名なアニメやで」

　そして、「原作者が」とか、「絵師さんが」とか、よく分からない言葉を並べだした。

「ざっくばらんに説明したら妹萌《も》えの話や。親が再婚して、一人っ子の『僕』に妹ができる。そういうシチュエーションやねん。その妹、恵瑠歩《エルフ》いうねんけど、この子がツンデレの上、残念系美少女で……」

「ちょ、ちょっと待て」

　聞き慣れない言葉の連続で、すぐに内容が把握できない。

「せやから、再婚相手の連れ子が妹になるねん」

「それ、妹じゃねえだろ？」

厳密な意味では。

「あぁん、もう。ええねん、そんなん」

魁人の話を要約すると、親の再婚で血のつながらない兄と妹が同じ屋根の下で暮らし、その上、両親が二人を残して転勤してしまう。最初は兄に打ち解けようとしなかった恵瑠歩だが、魔法をかけられた事で兄に恋してしまう。そんな内容らしい。

「実は恵瑠歩にかけられた魔法には綻《ほころ》びがあって、何かの拍子に解けてしまうねん。『僕』が何気なく口にした言葉とか、恵瑠歩が見た何かに反応して……。その魔法の謎《なぞ》がミステリーになってるんやけど、魔法が解けた時に、さっきまでウザいぐらい『僕』にべタベタしてたのが、急に我に返って慌《あわ》てたり、怒ったりするのが、ほんま可愛いねん」

そして、うっとりとした目を遥に向けた。

「今のゆっぴと妹ちゃんのやり取り、そのシチュエーションに似とって、萌えたなぁ……。あ、こっち見た」

雅美と遥に向かって手を振る魁人。

不審《ふしん》そうに顔を強張《こわば》らせた遥に対し、雅美は笑顔を見せるという大人の対応をした。

「僕の事、紹介してや」

「勝手に自己紹介でも挨拶でもして来いよ。名前は遥だ」

「白鳥遥！　名前までエモい！」

魁人は人込みを器用にすり抜けながら、雅美と遥に近づいていった。

「はあぁ、調子狂う……」

思わず、声が漏《も》れていた。

三月第一週の今日は、桜花賞《おうかしょう》トライアル・チューリップ賞の開催日だった。同時に騎手課程を卒業したばかりの新人ジョッキーがデビューする日でもある。

そして、騎手課程入学者ご一行を率《ひき》いるのは、阪神競馬場の職員だ。その案内係が説明を始めた。

「次の第二レースには、卒業したばかりの山田《やまだ》君が騎乗します。あの、ピンクの帽子がそうです。外枠を走ります」

「止まれ」の合図で周回していた馬が立ち止まり、控室から出てきた騎手が横一列に並ぶ。

横断幕でも「がんばれ！　山田俊平《しゅんぺい》」と、新人騎手が応援されている。

ピンクの帽子が小走りで駆けていくが、山田騎手は祐輝達には気付いていないようだ。

一直線に馬に向かうと、付き添いに手を組んでもらい、それを足がかりに馬に飛び乗った。

緊張しているだろうに、馬上にいる彼はやけに堂々としていて、色鮮やかな勝負服が眩《まぶ》しく映った。

「卒業生の全員が、今日のレースでデビューするんですか？」

　案内係に質問したのは、松尾楓子の母親だ。

　楓子は唯一《ゆいいつ》の女子で、中を刈り上げたおかっぱ頭、所謂《いわゆる》ツーブロックマッシュにしている。服装も黒のダウンにブラックデニムのパンツという恰好《かっこう》だから、男と間違えそうになる。ヘアスタイルや服装など、祐輝の周りにはいないタイプの女子だ。

「はい。今年は大丈夫です。全員、騎乗します。去年はデビューした新人が多かったから、騎乗数がゼロの卒業生がいましたが……」

　とは言え、今日も六鞍《くら》乗る者もいれば一鞍しか乗らない者もいて、卒業生の間で既《すで》に格差が出ていた。

「初めてのレースで勝ってしまう子もいるって聞きました。凄いですね」

「ご祝儀でいい馬に乗せてもらえるんです。あと、減量特典があるので、あえて新人を起用する調教師もいます。中には最初から才能を期待されて……というケースもありますが……。まぁ、経験が物を言う世界ですから、最初は見れたもんじゃないですね」

　案内係の説明を、保護者達は神妙な様子で聞いている。

「それでは、今から本馬場入場を見学に行きます」

　皆でぞろぞろとスタンドの方へ向かう。

　阪神競馬場のスタンドは、左右対称に作られていて、それぞれ「西ウイング」、「東ウイング」と名付けられている。その間を貫く中央コンコースを通れば、馬場に出られるという構造だ。

スタンドの外に出ると、視界が開ける。春になれば満開の桜の中、「桜花賞」が開催されるが、この季節は芝の色も落ち、どことなく殺風景だ。また、真冬には北側の六甲《ろっこう》山系から「六甲おろし」と名付けられた冷たい風が吹き下ろしてきて、騎手と馬だけでなく、スタンド上階の放送席に座るアナウンサーや記者達をも苦しめると言う。

ほどなく、パドックから地下馬道を通って移動した馬が姿を現した。その様子を屋外の立見席に並んで見る。

「おい」

突然、話しかけられた。

須山壮一郎だ。

壮一郎はスポーツ特別入試制度を利用して合格を勝ち取っていて、いかにもすばしっこそうな体付きをしていた。面接で志望動機を聞かれた時、「体が小さくても活躍できるから」と答えていて、身長が一五五センチと、合格者の中で最も低い。

「アイツ、何かあの馬みたいじゃね？」

壮一郎の視線の先には、静々と入場する二頭の誘導馬の後ろに、ぴったりと張り付いている馬が一頭いる。そして、その視線がそのまま楓子と、その家族に移る。

時間が経つにつれ、男子生徒の母親達は自然と子供の傍を離れ、親同士で喋っているのに対し、楓子の母親だけは輪に入らず、父親と共に我が子を挟むように立っている。

「毎年、女が入学してるけど、どうよ？　話題集めっつーか、ＪＲＡが客を呼びたいだけじゃね？」

どう返事をしたものかと考えていたら、傍にいた麻生和馬が代わりに答えてくれた。

「女性騎手の減量特典ができたから、以前よりは活躍しやすくなった。そう父が言ってました」

和馬は壮一郎とは対照的に、身長が一七〇センチ近くあった。馬のように顔が長く、細い目が優しげで親近感を覚える。

「お前ってさー、さっきから何で敬語なの？」

「変ですか？」

おっとりとした様子で、和馬が首を傾《かし》げる。

「別にいーけどよ。おい……、えーと白鳥だっけ？　お前はどう思う？　女が一緒にいると、やりづらくね？」

楓子にも、女性騎手にも興味がなかったから、「どうだろな」と曖昧《あいまい》な返事をしていた。

「それは女性差別というものですよ」と和馬が言うと、壮一郎は「けっ！」と悪辣《あくらつ》な表情をしてみせた。

「ところで、あの『お坊ちゃん』は何で、白鳥んとこの妹に張り付いてんだよ？　てゆーか、白鳥んとこの妹、兄貴にそっくり」

見ると、遥と魁人は随分と打ち解けた様子で、楽しそうに喋っている。

「好みのタイプらしいぜ」

「ふうん。ああいうのがねぇ……」

壮一郎は「気が知れない」という顔をしている。

遥の肩を持つ気はないが、ここまであからさまな態度を取られると、あまりいい気分はしない。そんな気配を察したように和馬がフォローした。

「二人とも、デビューした頃の白鳥騎手に似てますね。白鳥騎手のお父さん、白鳥くんにとってはお爺《じい》さんに当たりますが、白鳥景佑《けいすけ》騎手の三男という事で、随分と騒がれてデビューしたんですよね」

「おめ、何でそーた事知ってんだ？」

細かすぎる説明に、普段は封印している茨城弁が出た。

「父の受け売りですよ」

和馬はさらっと言う。

「実はうちの父、レースはもちろん、競馬の特集番組も全て録画するぐらいの競馬ファンなんです」

「へぇ……」

「そんな訳で、どうしても息子を騎手にしたかったみたいです。そこで、兄と一緒にホースマンクラブに通わされました。父は、僕より小柄な兄の方に期待してたんですが、兄は『部活に専念したい』と言って、すぐにやめてしまって……。そこで、やめずに続けていた僕が、騎手課程を受験しました」

競馬学校が設立された当初には、「これまで馬に触った事もない」という生徒も入学しており、そんな生徒も卒業後は騎手として活躍していた。それが近年は和馬のように、事前にスクールに通う受験者が増え、年々、ハードルが高くなっているという。

「父は大坂騎手の大ファンで、同期生になったのを喜んでくれました。ただ、サインが欲しいから、魁人くんに頼んでくれって煩《うるさ》くて……。さすがに恥ずかしいですよ。……あ、いや、もちろん白鳥騎手の存命中は、その騎乗技術にも注目していて……」

急に焦《あせ》り出したから、祐輝は表情を緩めた。

「いいよ。そんな気を回さなくたって」

何処からか「あれ、競馬学校の新入生の子達とちゃうん?」という声が聞こえてきたから、口を噤《つぐ》む。マスコミの取材を受けたとは言え、自分達はまだ何者でもない。改めて、競馬ファンからの注目度の高さを実感した。

先ほどまでは人もまばらだった屋外の立見席に、続々と観客が集まってきていた。

やがてファンファーレが鳴り、ゲートが開かれた。

「行けー！」

「よっしゃーっ！」

レースが始まると、観客達は馬番や騎手の名を連呼しはじめた。それは最後の直線で最高潮に達する。そして、ゴールすると多くが盛大な溜息に変わり、後は潮が引くように人の波が何処かへ流れていく。

「山田君は初騎乗初勝利となりませんでしたが、四着と健闘しました。……この後は、お部屋でお食事となります」

案内係に連れられてスタンドに戻ると、貴賓室《きひんしつ》直通エレベーターまで案内された。そのまま六階に上がり、受付で部屋番号が印字されたプレートを貰う。

フロアの一角に洋食と中華料理、他に寿司まで置かれていて、それぞれ皿に取っていく。大人用にワインやビールが冷やされ、祐輝達にはウーロン茶やジュースが用意されていた。

四人駆けのテーブル席はゆったりしていて、複数の箇所に配置されたテレビにはパドックを周回する馬の他に、中山と北九州市の小倉《こくら》で開催中のレース実況、それぞれのレース結果やオッズなど、様々な情報が順次、流されていた。

第三レースと第四レースは、食事をしながらテレビで観戦したが、競馬ファンだという和馬の父は、食事を中断してゴンドラ席から観戦していた。馬券を買っているらしく、忙しくスマホを操作しては、「あぁ〜」と溜息をついたり、舌打ちしたりしている。

今日の阪神競馬場は第五レースまでが三歳未勝利戦で、六レースは一勝クラス。七、八レースが四歳一勝クラス。そして、九レースと最終レースの十二レースが二勝クラス、十レースが三勝クラスとなっている。

そして、メインレースである十一レース「チューリップ賞」は三歳オープンで、格付けはGⅡだ。

現在、競馬の格付けは上位からGⅠ、GⅡ、GⅢ、リステッド、オープン特別、三勝クラス、二勝クラス、一勝クラス、新馬・未勝利まであり、馬の年齢と獲得した賞金の額によって条件が分けられている。レースを一つ勝つごとに、上のクラスへとステップアップするが、重賞レースの二着の場合、賞金が加算されて昇級することもある。

食事を終える頃、第五レースに出走する馬の本馬場入場が始まった。

そこで皆で外に出て、ゴンドラ席からコースを見渡した。向こう正面はおろか、はるか向こうにある六甲山脈まで続く街並みを一望する事ができた。

「競馬ファン歴四十年ですが、こんな高い場所からレースを観戦するのは初めてですよ。いつもは下界で……」

和馬の父親が、興奮したように誰かに言っていた。

「凄い迫力ですよね」

相手をしているのは、楓子の母だった。

「うちは夫婦ともに馬券を買わないし、娘が競馬学校を受験する前は、テレビで競馬を観戦した事すらなかったんです」

「じゃあ、何もかも新鮮ですよね」

見ると、雅美もそのお喋りの輪にいた。

「白鳥さんはご主人の応援で、競馬場にもしょっちゅうお越しになってたんですよね？　だったら、貴賓室なんて珍しくもないでしょう」

そう言う和馬の父に、雅美が答えた。

「それが、そうでもなくて……」

ある時、父がレース中に落馬負傷して以来、雅美は怖くて競馬を見られなくなったのだ。父が大きなレースに乗る時も、競馬場に行くどころか、中継すら見ていなかった。

祐輝が周囲の声に押されて騎手課程を受験する決意をした時には、「また、お父さんの時と同じような心配をしないといけないのね」と、暗い顔をされた。

だが、自身が騎手の妻であり、現在も厩舎で働く雅美は何処かで覚悟を決めていたのだろう。思ったほど強く反対される事はなく、逆に拍子抜けした。

「親子二代で騎手って、僕からしたら羨ましい。いやぁ、憧《あこが》れますよ。うちは息子だけでなく、孫にも騎手になってもらいたいです。そうなったら、全力で応援しますよ」

息子が騎手課程に合格して余程嬉しいのか、それともビールで酔っぱらったのか、和馬の父が調子良く言う。

「本当に皆、凄いねぇ。お父さんが有名な騎手だったり、競馬に詳しかったりで……。楓子も頑張らないとね」

その時、不機嫌そうな声が割り込んできた。

「凄いのは父親であって、子供が偉い訳じゃない」

強い口調に、その場がしんとなる。楓子の父親が眉間《みけん》に皺を寄せ、口をへの字に曲げていた。

「ちょっと、あなた……」

「そう言えば、大坂くんのお父さんはチューリップ賞にも乗るんですよ。ワイルドチェリー。もちろん、単複で買ってますよ。応援馬券です！」

不穏な空気を打ち消すように、和馬の父が大声を出した。だが、楓子の父は黙らなかった。

「何で、もっとこう……普通の道に進まないんだ？」

「楓子が自分でよく考えて決めた事なのよ。楓子を尊重しようって、あなたも理解してくれたじゃない」

「理解も何も、合格した後に、初めてこっちに知らせて来たんじゃないか。反対しように
も、既に新聞に顔と名前まで出されていて……。言っておくが、俺は納得していないから
な」

　という事は、父親は別居しているのだろうか？　競馬学校の保護者面談にも来ていない
ようで、楓子の複雑な家庭環境が浮き彫りになる。

「やめてよ、こんなとこで……」

　たまらず楓子が割って入った。

「それにお父さん、普通って、どういう事？　ボ……」

　楓子は声を詰まらせる。

「わ、私には分からない」

「女の子らしいって事だ。競馬なんて男がやるもんだろうが」

「女性ファンだっている」

「ファンと騎手は違う。昔から女性騎手はいたが、誰も残ってないじゃないか」

「今は違う。お父さんが知らないだけで、競馬サークルに女性がいるのは当たり前になっ
てる」

　まるで噛み合っていない会話を、周囲は遠巻きに見守っていた。

「何が競馬サークルだ。ただのギャンブルじゃないか。そんな世界に、ろくな奴がいる訳ない」

ふいに父親が、祐輝の方に目をやった。

「現にあの子の父親は、暴力事件を起こしているんだ。楓子が暴力を振るわれないように、競馬学校の教官には、せいぜい気をつけて見てもらいたいね」

鷲摑《わしづか》みにされたように、心臓がどくんと脈打った。

その時、案内係が集合をかけた。

「保護者の皆様。これより、施設見学となります。貴重品だけお持ちになって、それ以外のお荷物はお部屋に置いていって下さって結構です」

＊

地下馬道を歩いている途中に、二頭の誘導馬が繋がれているのを見かけた。暗がりの中で白い馬体は目立つ。

「触っていいですよ」

順に馬の鼻づらを撫でさせてもらった。

「今から厩舎地区へと行きます。レースを控えた馬がいますので、大きな声を出したり、物音を立てないようにお願いします」

進むにつれ、馬の匂いが強くなる。案内係から、地下馬道の出口で止まるように言われた。

「関係者以外は中に入れませんので、皆さんには、ここから見学して頂きます」

厩舎地区には馬房が並んでいて、薄っすらと待機する馬の姿が見えた。

その時、地下馬道から人の話し声と足音が聞こえてきた。走り終わった馬が、厩務員に引かれて一行の傍まで近づいてきたのだ。馬の首が左右に揺れ、通り過ぎる時にこちらをチラリと見た。この後、馬は綺麗に身体を洗ってもらい、順に馬運車に乗せられて競馬場を出ていく。

今度はパドックに向かう馬が、装鞍所《そうあんじょ》から出てきた。7レースに出走する四歳一勝クラスの馬達だ。鞍や頭絡《とうらく》が装着され、後は騎手を乗せるだけの状態になっている。

案内係が声を潜めた。

「動かずに、そっと見ていて下さい」

念押しするように言う。

祐輝達は地下馬道の壁に背中を付けるようにして、馬の隊列を見送った。

これからレースだと分かっているのだろう。気合が乗って口から泡を出したり、早くも大汗をかいたりしている馬がいた。

「僕、この馬がええと思う」

魁人が一頭の馬を指差した。青いメンコを被った牡馬《ぼば》で、入れ込む事なく、壁際に並ぶ人間達を物珍しそうに眺めている。

「何処が？」

「落ち着いてるし、馬体にも張りがあるやろ。そう思わへん？」

よく分からなかったが、面倒臭いので「そうだな」とだけ答えておく。

最後尾の馬が通り過ぎた後、一行はその後を追うように地下馬道を歩き、地上に出た。

次はグッズショップに案内される。一階の、パドックから馬場へと向かう途中、中央コンコースに面した場所で、「ターフィーショップ」と名付けられた店内には、手を繋《つな》ぐ若い男女や、子供をベビーカーに乗せたファミリーが行き交っていた。

「この後は自由行動です。集合時間まで、お好きな所を御覧になって下さい」

お土産《みやげ》用なのか、それとも記念品にするのか、チューリップ賞に出走する馬のキーホルダーやGI馬のぬいぐるみを、母親達が品定めしていた。

「どうする？」

グッズに興味がない男子生徒達は、人でごった返すショップの外に出て相談を始めた。

「そろそろメインレースの出走馬がパドックに来る頃じゃね？」

「そっち行くか」

「白鳥も来るよな?」

「あ、俺はトイレ」

「女かよ」

壮一郎が「けけっ」と笑う。むっとして「待たなくていいよ」と返す。

一人でトイレに向かい、個室に入ると、そのまま便座の蓋《ふた》に座り込んだ。ずっと緊張していたのだろう。一人になれる狭い場所に入った途端、身体から力が抜けた。

(……あの子の父親は、暴力事件を起こしているんだ)

二十二年前、父はデビューして数年が経過した二十代半ばの若手で、既にGⅠも勝利してリーディング上位を争う騎手になっていた。そんな次代を担《にな》う騎手として期待されていた父が、デビューしたばかりの新人騎手・大坂尚人を公《おおやけ》の場で暴行した。

その経緯を祐輝はネットで調べた。

発端《ほったん》は、乗り替わりだった。

祐三の持ち馬にケイアイダークという馬がいた。明け四歳の時点で条件戦を走っている馬で、「職人」と呼ばれるほど癖馬の扱いが上手かった祐三ですら、勝たせられなかった馬だった。

ある時、三月の中京開催のレースで、祐三が落馬負傷し、急遽《きゅうきょ》、デビューしたばかりの尚人が、祐三の代わりにケイアイダークに騎乗した。

祐三が騎乗しても負ける馬なのだ。ましてや新人が。ケイアイダークは端から人気になっていなかったが、乗り替わりでさらに人気を落とし、単勝オッズは三桁になっていた。ところが、スタートと同時に逃げたケイアイダークは、それまでの走りが嘘のように好走し、尚人に初勝利をもたらした。

事件が起こったのは、そのレースの直後だった。祐三は、公然の場で大坂を殴りつけたのだ。しかも、初勝利というお披露目《ひろめ》の場でだ。

自分が勝たせられなかった馬を新人騎手が勝たせた事で、祐三のプライドが傷ついた。才能のある若い騎手に、嫉妬《しっと》した。

等々、あらゆる憶測が流れたが、騎乗が殺到していた当時の祐三にとって、ケイアイダークはそこまで執着《しゅうちゃく》するような馬ではなかった。条件戦を勝ち上がれないまま、ひっそりと引退し、消息が分からなくなる。そんな、数多《あまた》の競走馬の一頭に過ぎなかった。

他に、尚人が祐三を怒らせるような原因があったのではないかと想像しても、祐三は関東の美浦、尚人は関西の栗東所属の騎手だ。しかも、尚人は競馬サークルの出身ではない上に、デビューしたばかりの新人だった。つまり、中京開催のレースで祐三と顔を合わせるまでは、全く接点がなかったと思われる。

ついには「いや、下級条件戦で小金を稼ぐ為に、祐三はヤラズをやっていた」。つまり、わざと負けていたという、不穏な噂まで流された。

ただ、そのレースの後、馬主は「凄い新人が現れた！」と大喜びで、今後も尚人に乗ってもらいたいとメディアに語った。そのせいで二人の確執《かくしつ》はますます深まったと言われている。

このケイアイダークを巡る事件について、祐三は堅く口を閉ざしており、その理由を最後まで語らなかった。メディアにも家族にも。

そして、年月が経つにつれ、事件そのものが風化していった。

だが、二人の息子である祐輝と魁人が競馬学校で同期生となったせいで、また蒸し返されようとしている。

暫く個室で気持ちを落ち着けた後、洗面所の冷たい水で火照《ほて》った顔を洗う。タオルで顔を拭っていると誰かがトイレに入ってきた。

「あ、ゆっぴ。遅いと思ったら、まだおったん？」

ちょうど魁人の事を考えていたタイミングだったからか、とっさに上手く反応できない。

「何で、ここにいんだよ？」

つい、荒っぽい口調になってしまった。

「何でって……トイレに決まってるやん」

そして、「ちょっと待ってて」と言いながら小便器に向かった。

「はい。お待たせ。行こ」

魁人は水道で指先だけを洗い、手を振って水滴を払う。

「さっきの、酷《ひど》かったな。楓ちゃんのお父さんの……」

歩きながら魁人が唐突に言った。

「まだあんな風に言う人、おるねんなぁ。僕らが生まれるずっと前の話やのに。許されへん」

自分の事のように憤慨《ふんがい》している。

「親父と俺は別だし、あんなの気にしてない」

吐き捨てるように言った瞬間、脳裏にテレビで観戦していたレースの模様が、実況と共に蘇ってきた。


（……先頭はフォーチュンラブ。二馬身離れて、外からギャランドゥの追走で四コーナーカーブ、フォーチュンラブ先頭）

フォーチュンラブの鞍上《あんじょう》は大坂尚人で、遠心力で膨らみながらコーナーを曲がった。

（間から、スリーディグリーズ……おーっと、スリーディグリーズ転倒）

その時、祐輝は「あっ！」と叫んでいた。一頭の馬が転倒したのをきっかけに、雪崩《なだれ》のように次々と後続馬が転倒し、騎手が振り落とされてゆく。その中に父もいた。

（おーっと、これは大きな落馬事故……）

観客の悲鳴が上がる中、大坂騎手が騎乗したフォーチュンラブは、先頭でゆうゆうとゴールインした。しかし、電光掲示板には審議のランプが灯っていた。その赤い光が、禍々《まがまが》しく祐輝の脳裏に蘇る。担架《たんか》に乗せられて運ばれて行った父の姿と共に。

大坂騎手が引き起こした落馬事故に父は巻き込まれた。そして、あの事故が原因で、長い療養生活へと入った。亡くなる一年と少し前の事だった——。

「それより、楓ちゃんな……」

魁人の声に我に返った。

「自分の事を『ボク』って言うてたやろ？」

話題が変わった事にほっとしながらも、何を言い出すのかと首を傾げた。

「そうなのか？」

「僕、聞いてたもん。一人称が『ボク』やで。おまけに、あのパッツン前髪とか襟足ジョリジョリとか。残念過ぎて、萌えるわぁ」

「ちゃんと日本語で話せ」

「日本語やん？」

「だから、俺にも分かるように話せ！」

「あの子な、学校に行ってなかってんて。キャラが立ちすぎてて、虐《いじ》められたんやろか？ほんでな、学校の代わりにフリースクールに通ってて、そこでホースセラピーを体験したのが、競馬に興味を持ったきっかけやねんて」

情報が多過ぎて、内容がすぐに頭に入ってこない。

「で？」

「楓ちゃんのお母さんから、仲良くしたってくれって頼まれた」

「魁人が？」

「僕だけやない。ゆっぴもや。他のみんなも……。あの子と仲良くしてやって欲しいねんて」

「仲良くできるかどうかなんて、喋ってみなきゃ分かんねぇよ」

魁人を振り切ろうと、速足になる。

——勘弁してくれよ。面倒臭え……。

パドックに行くと、既にチューリップ賞に騎乗する騎手が整列していた。

「おい、カイくんよぉ。お前が推してた馬、ボロ負けしてっぞ」

壮一郎が待ち構えていて、からかうように言う。

見ると、七レースの結果が出ていた。魁人が推していた青いメンコの馬は、十六頭中の十二位と振るわなかった。

「あれぇ？　おっかしなぁ。自信あったのに……」

「そんな事より、メインレースだ。ほら、騎手が乗るぜ」

チューリップ賞は三歳牝馬《ひんば》によるレースで、三着までの馬にGⅠ・桜花賞の優先出走権が付与される。過去にはエアグルーヴやウオッカ、ブエナビスタがここを勝ち、クラシック戦線に名乗りを上げた。

今年の牝馬クラシックを占う重要なレースでもあるから、さすがに新人騎手は騎乗していない。

「カイくん、今度はどの馬？」

ニヤニヤしながら、壮一郎が聞く。

「せやなぁ、八番とかええんちゃう？　ワイルドチェリー」

「おい、乗ってるのが、お前の父ちゃんだし！」

ワイルドチェリーに騎乗した大坂騎手が、目の前を通った。一瞬、こちらを見たものの、すぐに視線を前に向ける。

「ゆっぴ。どう思う？」

いきなり魁人から話を振られたから、「え？」と言葉に詰まる。

「カイくんは八番だってよ」

壮一郎に問われるがまま、騎手を乗せてパドックを周回する馬に目をやる。そして、最初に目に飛び込んできた馬の番号を口にした。

「三番……」

「へぇ……、どのあたりが？」

何気なく言っただけなのに、魁人が食いついてきた。

「どのあたりって……。何となくだよ」

「アテもんかよ？」

壮一郎が笑い出した。

「どうせ、俺達は馬券を買えねーし」

四

今、地下馬道の出入り口があるウィナーズサークルの周囲には、贔屓《ひいき》の騎手や馬の写真を撮影しようと人だかりができていた。祐輝を含めた四人の男子も、その柵越しに、今か今かと馬の入場を待っていた。

やがて、音楽とアナウンスが流れる中、思い思いの馬装をした馬が地下馬道から姿を現し、芝コースへと入っていく。

ここでも誘導馬に引っ付くように歩いている馬がいた。大観衆に怯《おび》えて立ち上がっている馬もいれば、あえて観客席に近いラチ沿いを歩かされている馬もいる。

楓子はと探すと、母親と一緒だった。

（学校に行ってなかってんて。キャラが立ちすぎてて、虐められたんやろか？）

刈り上げた襟足や細い肩を見るうち、妙な居心地の悪さを感じた。

祐輝が通っていた学校にも、男っぽい言動をする女子や不登校の生徒はいた。だが、そういう生徒と交流はしなかったし、用がなければ喋る事もなかった。ただ同じ教室にいたというだけだ。

「ゆっぴの予想は三番、スパーヴビューやっけ？」

魁人が絡んでくる。

――こいつの方が、厄介だけどな……。

祐輝の気も知らず、魁人と反対側に立った和馬が解説を始めた。

「スパーヴビューは、栗東の小宮山《こみやま》厩舎の管理馬で、新馬戦の追い切りで一歳年上の牡馬を子供扱いしたんです。牝馬三冠の桜花賞、オークス、秋華賞《しゅうかしょう》を全部とるだろうって言われてる、物凄い馬なんですよ」

「そうそう。尚ちゃんが乗りたがってた」

「尚ちゃん？」

壮一郎が魁人の口真似をした。

「お前んち、親父の事、ちゃん付けで呼ぶのか？」

「そうやで。子供の時からずっと、尚ちゃん、ルミちゃんて呼んでる」

頭が痛くなってきた。

「てゆーか、ゆっぴは知ってたん？　そんな凄い馬やて」

「栗東の馬の事は分からない」

「何？　その他人事《ひとごと》みたいな反応。自分が推した馬やん。てか、ほんまに知らんかったん？」

スマホを取り出し、改めてスパーヴビューの情報を見る。

父はダービーをはじめとしたＧⅠを四勝した馬で、母も阪神牝馬ステークスを勝った名牝だ。

「やっぱりタダモンやないよ。これだけの大観衆やのに、ゆっくりと外《そと》ラチ沿いに歩いてるし」

しきりに感心する魁人に、和馬が答える。

「馬に寄られるのが嫌なんでしょうね」

外ラチは観客に近く、カメラのフラッシュや歓声に驚く馬もいる。一方で、後ろから馬にせっつかれる心配がないので、マイペースで歩かせられると、和馬は言う。

「さっきも本馬場入場で、前の馬を嫌がって立ち止まってました」

「すごーい、麻生くん。ほんまによお見てるね」

――いちいち煩えな。

魁人を無視して、スマホとターフビジョンに映るスパーヴビューを交互に見る。

ここまでの四戦、阪神ＪＦ《ジュベナイルフィリーズ》以外は全て逃げて、最後の直線でさらに突き放して勝っている。そんな派手な戦歴に比べて、見た目はいたって地味だ。黒っぽい茶色、いわゆる黒鹿毛《くろかげ》で、頭部や脚の白斑《はくはん》もない。また、メンコやブリンカーといった矯正具《きょうせいぐ》をつけていないから、分かりやすい目印もない。何より、佇《たたず》まいが静かだった。興奮したり、集中力を欠いたような気配もなく、余計な事をしないから目立たないのだ。

「凄い馬という割りには前走、阪神ＪＦは負けてるぜ」

壮一郎が憎まれ口を叩く。

意外な事に、阪神ＪＦは着外となっている。

「それは、道中二、三番手に付けて、最後に抜け出すという好位差しの競馬をさせようとした鞍上……騎手と喧嘩《けんか》になって、折り合いを欠いたんですよ」

和馬が説明する。

そのレース動画を再生させる。和馬が言うように、騎手が必死になって手綱を押さえているのに、口を割って前に行こうとしていた。

実際に馬を前にすると、何処にそんな気性の激しさを秘めているのか、改めて興味を覚えた。

「もしこの馬が将来、クラシックやＧⅠ戦線で牡馬と戦うと考えたら、今日は我慢をさせて、競《せ》り勝つレースを覚えさせるんじゃないでしょうか」

和馬が言うのに重ねて、案内係が保護者に説明する声が聞こえてきた。

「このチューリップ賞は桜花賞トライアルで、元々は本番に向けての試走という意味合いが強いレースでしたが、最近は外厩でしっかり仕上げられて、本番で一発勝負になる事が増えました。昨年の阪神ＪＦを勝った馬と二着馬は、ここを回避しています」

つまり、前走で負けたおかげで今、祐輝達は将来の牝馬三冠候補を目の前で観る事ができるらしい。

「レースを走らせると馬は消耗します。スパーヴビューは単勝が一・五倍と断然人気ですが、鞍上はトライアルの走り方をするかもしれませんね」

和馬が訳知り顔で言う。

――つまり、全力を出さないという事か……。

その時、歓声が起こった。

それまでラチ沿いをゆっくり歩いていたスパーヴビューが、返し馬に入った。

「うわぁ」と歓声が上がる。

競走前のウォーミングアップにもかかわらず、離陸する戦闘機のように、スパーヴビューは軽やかに加速した。

「うっひょぉー。凄いなぁ」

「これはもう、この馬で決まりやろ」

周囲から、そんな声が聞こえてくる。

ダカダンッ、ダカダンッと、蹄鉄が芝を蹴る音を轟かせながら、スパーヴビューは祐輝達の目の前を走り去った。重力を感じさせない、今にも飛んで行ってしまいそうな軽やかな走りに、鞍上が笑っていた。

大きく口を開けて何かを言っており、仕上がりの良さに思わず声が出た、そんな感じだった。馬はコースを逆走する形でコーナーを曲がり、待避所へと向かった。

「いいですねぇ。さっきの言葉は撤回します。勝つのはこの馬です」

「和馬の予想なんて、誰も期待してないっつーの」

「みんな、尚ちゃんのワイルドチェリーも応援してやー」

出走時刻が近づくと、スターターがスタート台に乗り、赤旗を振る。それを合図に、ファンファーレが鳴った。

向こう正面に置かれたゲート前で輪乗りしていた馬達は、まずは奇数番号から、続いて偶数番号がゲート入りする。最後に大外枠の馬のゲートインが完了すると、ゲートが開いた。

「あ――――っ！」

途端に悲鳴が起こった。

〈一番人気、三番スパーヴビューが一頭出遅れました〉

場内アナウンスが淡々と実況するのが、切れ切れに聞こえてくる。

〈前から四番……、外にピンクの帽子……その後方、内から……。馬群から離れて三頭……。スパーヴビューは、そのさらに後方だ。一〇〇〇メートルの通過タイムは六十一秒三〉

あまりの遅さに、どよめきが起こった。

「これは前が残るんじゃないでしょうか」と、隣で和馬が呟く。

一方、スパーヴビューの鞍上は手綱を持ったままで少し順位を上げ、十八頭中の十六番目を走っていた。

やがて最後のコーナーにさしかかる。

馬群が横に広がり、大きな壁となる。割って入れる隙間はなかった。

どうするのかと見ていたら、スパーヴビューは外に回った。

そして、大外《おおそと》から一頭、二頭と抜いてゆく。

「お、お、お――――！」

どよめきが波のように背後から襲いかかってきた。

一頭だけ異次元を走っているような末脚《すえあし》で、スパーヴビューが大外をするするーっと上がってきた。馬体を合わせていないので、内を走る先頭馬との差は測れない。が、勢いが違った。

歓声に混じって、「差せ！　差せ！」とか、「そのまま！　そのまま！」といった叫び声が圧となって、後ろから押し寄せてくる。

——抜けた！

スパーヴビューが最後にぐんと伸び、頭一つ分は前に出た。そして、そこがゴールだった。

「わあぁぁぁ……」

スタンドを埋め尽くした人々の溜息が、頭上から降ってきた。

走り終えた馬が向こう正面まで走っていき、やがて戻ってきた。その中に大坂尚人がいて、勝ったスパーヴビューの騎手に、笑顔で何事か言っている。口の動きから、「やったな」とか「凄いな」と祝福しているのが分かる。

ウィニングランを始めたスパーヴビューを前に、祐輝は圧倒されたように黙り込んでいた。いや、他の三人も同様だった。

「……かっけぇー」

最初に声を発したのが壮一郎だ。

次に和馬。

「道中は死んだふりして、最後に大外からまとめて差し切り。僕もそんな競馬をしてみたいです」

まだレースに乗った事もないのに、そんな風に言う和馬がおかしくて、皆が笑った。

「いやいや、凄いものを見てしまいましたね。途中の時計を見た時点では、届かないと思いましたよ」

笑われているのに気付かないのか、和馬は真面目《まじめ》腐った様子で呟いている。

祐輝は指を折って計算していた。

——俺が卒業する三年後、スパーヴビューは走ってないんだろうな……。

名馬は繁殖《はんしょく》に上げる為に、五歳になった年の有馬《ありま》記念を走って引退するケースが多い。馬の状態を見て、もっと早く引退させる事もあるし、牝馬は三歳で繁殖に上げる場合すらある。

「あんな馬に乗りてぇなぁ。俺も、いつか……」

そんな言葉が、自然と口をついていた。

第二話　二度と女の子呼ばわりするな！

一

流れる季節の真ん中で
ふと日の長さを感じます

冷たい空気が床から這《は》い上がる体育館に、生徒達の歌声が響く。

壇上には「祝卒業」の文字と共に、日本国旗と校章が掲揚《けいよう》されていた。

合唱するうちに気分が高ぶったのか、洟《はな》をすする音が何処からか聞こえてくる。だが、前の方に並んでいる祐輝には、後ろの様子は分からない。

卒業式が終わると、体育館の外は保護者と生徒が交ざりあい、その渦《うず》の中に幾つかの大小の輪ができていた。

仲間と小突きあっている男子生徒、抱き合って泣く女子生徒。誰かを探すようにきょろきょろしたり、誰とも絡めずに居心地悪そうにしている者もいる。

祐輝は渦の外に出て、セロファンに包まれた花を片手に持ってぶらぶらさせていた。オレンジのガーベラだ。周囲には、同じように輪に加わらない生徒達がうろうろしていた。

「俺、リベンジするから」

ふいに隣で声がした。

「シュン……」

一緒に騎手課程を受験した小坂駿《こさかしゅん》が傍に来ていた。

村立中学校にはトレセン関係者の子女が多く、競馬学校を進路に選ぶ生徒は例年、何名かいた。小坂もその一人だ。

うまく返せずに黙っていると、もう一度、小坂は言った。

「一旦、高校に進学するけど、再受験する」

彼の父は調教助手で、子供の頃から「騎手になりたい」と公言しており、祐輝と一緒にトレセン内の乗馬スポーツ少年団で乗馬を習っていた。

「いいな。お前は。親が有名な騎手で……」

拗《す》ねたような顔で言う。

まるで、「そのおかげで合格できた」と言わんばかりだったが、反論できなかった。乗馬の技術は、同じぐらいのレベルだったからだ。

「待ってろよ、ユーキ。いつか、お前なんか追い越してやるからな」

そう言う顔は、いつもの表情に戻っていた。

「……そうか。シュン、俺もお前が入学してくるのを待ってる」

ようやく声が出た時、向こうにいる雅美と目が合った。

「俺、もう行くから」

そう断って、一人で歩き出すと、雅美が追いかけてきた。

「友達とお別れしなくていいの？　寮に入ったら暫く戻ってこられないんだから……」

「ん。いい」

駐車場で一際目立っている黄色いスポーツカー、それが白鳥家の自家用車だった。先に運転席に乗り込んだ雅美がエンジンをかけると、車は重低音を響かせながら、マフラーから白い煙を吐き出した。

助手席のドアを開け、乗り込む。

「本当は白井市まで送ってやりたいんだけど、どうしても、その日は仕事を休めなくて……」

車を暖機運転させながら、もう何度も繰り返した話を蒸し返す。

「だから、いいって。小さな子供じゃないんだから、一人で大丈夫だ」

「だって、荷物もあるじゃない」

「宅急便で送ればいい。それにうちの車、どうせろくに物が入らないだろ」

入寮の日が近づくにつれ、急に豪華な手料理を作り始めたり、やたらと祐輝の衣類を買い込んだり、かと思うと遥にベタベタしたりと、雅美は落ち着きを失っていた。

「今晩はローストビーフ丼にしようと思うの。このあいだ、テレビで見て、凄く美味しそうだった」

「いいけど、少な目にしておいて。入学していきなり体重オーバーで注意されるとか嫌だから。それより車、いい加減、買い換えたら？」

父が生前、趣味で乗っていた車で、田舎町では異様に目立つ上、路面が凍る冬は取り回しが難しく、雅美はしょっちゅう何処かにぶつけている。

「完全に手放しそびれちゃったなぁ……。ま、最初は持て余したけど、今じゃ普通に乗れてるから、このままでいいかと思って」

そう言う割りには、バンパーに新しいへコみができていた。

「荷物を送るのは前の日で良かったっけ？　持ち物は揃った？」

「まだ一週間ある」

「そーだ。どっかでお別れ会やらない？　土浦か……ひたち野《の》うしく駅まで出て、レストランを借り切って」

「いいよ、そんなの」

「だって、寮に入ったら、卒業するまで皆に会えないのよ」

返事をせずにイヤホンを耳に押し込むと、音楽を聴く振りをして、雅美との会話を一方的に打ち切った。

「もうっ！　反抗期！」

祐輝の態度に苛立《いらだ》ったのか、雅美は車を急発進させると、タイヤを鳴らしながら駐車場を出た。

一二五号線を西に走り、途中で南下すれば美浦トレーニング・センターだ。自宅は、その途中にある。

車窓《しゃそう》に広がる畑を見るうち、次々と人から投げかけられた言葉が蘇《よみがえ》ってきた。

（お母さんの為にも、しっかりしないとな）

（祐輝。騎手課程は、誰でも入れる訳じゃないぜ。俺みたいに体がデカくなって、泣く泣く諦める奴だっているんだ）

（いいな。お前は。親が有名な騎手で……）

（あの子の父親は、暴力事件を起こしているんだ）

頭に浮かんだ声をかき消すように、音楽のボリュームを上げた。

＊

三月二十五日。

予定より早く到着したせいで、迎えの車はまだ来ていなかった。

暫く待っていると、西白井駅南口のロータリーにタクシーが停車し、中から松尾楓子が姿を現した。

今日も楓子は、オーバーサイズのコートにブラックジーンズという黒ずくめの恰好をしている。後から出てきた母親が、祐輝を見るなり眉《まゆ》を下げた。

「良かった、会えて……。この間は嫌な思いをさせてしまって、ごめんなさいね」

「いえ、気にしてません」

「実はうち……離婚していてね、楓子が競馬学校を受験した事も、お父さんには事後承諾だったの。離婚はしても親子だから、このあいだの見学会には参加してもらったんだけど、あんな事になって……」

しきりに申し訳ながるが、どう対応していいか分からず、「はぁ、そうなんですか……」と間の抜けた返答をする他なかった。

面接官は保護者が競馬に理解があるかどうかも見るから、仮にあの父親が面接を受けていたなら、楓子は合格できなかったかもしれない。

「どうか、楓子と仲良くしてやって頂戴《ちょうだい》ね」

やっぱり、「はぁ」と締まらない返事しかできない。

暫くすると、目の前に黒のアルファードが止まった。スライドドアが開いて、五分刈りにした大坂魁人が姿を表した。後部座席から飛び降りると、こちらに向かって一目散に駆けてくる。

続いて、真っ白なスーツを着た美山ルミが顔を出した。ステップに置かれた白いハイヒールが眩しい。

「カイくん！　いつも言ってるでしょ！　走る前に左右を見てって！　あら、松尾さん……。お早いですね」

大声を出したのを恥じるように、ルミは口元に手を当てて微笑む。

運転席から降りてきたのは尚人ではなく、大柄な若い男性だった。ルミは「見送りだけして、このままスタジオに行くから」と言っている。

会話の内容から、前日に都内のホテルに魁人と宿泊し、マネージャーに迎えにこさせたらしい。

ほどなくして競馬学校のマイクロバスが到着した。

乗るのは子供達だけだ。

最初に乗り込んだ祐輝は、一人席に座った。そして、最後列の四人席の窓側に楓子が座り、その隣に魁人が座った。

「楓ちゃんの服、かっこええなぁ。そんな服、何処で買うん？」

「は？　ただのファストファッションだけど……」

「ふうん、へぇ。あー、言われてみたら、せやな。で、何でメンズなん？　女の子やのに……。もしかして楓ちゃんてボクっ娘《こ》？　変な男よりかっこええし、『妹にボクっ娘の彼氏ができました』の亜流《アルファ》波みたい」

また、訳の分からない事を言い出した。ゲンナリしていると――。

「ウザいよ。君」

冷たく楓子が言い放つのが聞こえた。

「二度と女の子呼ばわりするな！　あと、気持ち悪いから、『楓ちゃん』もやめろ」

「あ、はい」

「分かったら、向こうへ行け」

「こわーい」

魁人はおどけたように言って、祐輝と同じ並びの二人席に座った。そして、「ゆっぴ、こっちにおいでや」と手をひらひらさせる。

「席に余裕があるんだ。わざわざひっついて座らなくてもいいだろ」

「えー、喋りたーい」

「お前は女か」と言いそうになって、口を噤む。楓子が聞いたら、また怒り出しそうだ。

タイミング良く、残り二人の入学生、須山壮一郎と麻生和馬が二人揃って姿を現した。

祐輝の一本後の電車に乗っていたらしい。

「お揃いですので、発車します」

送迎バスのドアが閉まり、静かに動き出した。

窓から覗くと、母親達が並んで手を振っていた。

二

その翌日――。

目覚めた時、祐輝は一瞬、自分が何処にいるのか分からなかった。寝返りを打った拍子に作り付けの吊戸棚、椅子《いす》にかけた上着、勉強机の足元に置きっぱなしにしていたリュックサックなどが目に飛び込んできて、ようやく美浦村の自宅ではなく、競馬学校の公正《こうせい》寮《りよう》にいるのだと気付いた。

「やべ!」

遮光《しやこう》カーテンの隙間から光が漏れ、外が薄っすらと明るくなっているのが分かった。慌てて飛び起きたが、時計を見ると、起床時間の午前五時まであと十分を残していた。

ベッドから降りると、灰色のカーペットが敷かれた床を踏みながら扉の方に歩いていき、廊下を覗く。

与えられた部屋は自宅の子供部屋より広く、そのせいか調子が狂う。

まだ皆、寝ているのか、寮内は静かだ。

入学式は四月の頭で、本当なら今は春休みだ。だが、騎手課程の新入生は今から二週間にわたって入学前研修がある。入学前に学校生活に慣れる体験入学のようなもので、一日の流れやルールを教わりながら、騎乗訓練も行う。

手洗いに行き、部屋に戻ってくると、各部屋からアラームが鳴り響いていた。

食堂には、既に人が集まっていた。

騎手課程生の朝は検量から始まる。それぞれの生年月日により決められた指定体重を超えないように、自分で管理しなければならないのだ。

先に体重を測り終わった新二年生が、食堂の入り口に張り出された折れ線グラフに、定規を使って今日の測定結果を書き加えていた。各人の体重の推移が、それを見れば一目で分かるようになっている。体重管理をできなかった場合にはペナルティが科されるし、ペナルティが度重なれば退学となるのだった。

体重測定が終わると、駆け足で厩舎へ向かう。

赤い屋根の厩舎には現在、一三〇頭ほどの馬が収容されている。ここでは騎手課程だけでなく、厩務員課程の生徒達も馬房を掃除したり、馬の健康をチェックしたり、飼い葉を与えたりといった作業を行っていた。

厩舎に近づくにつれ、独特の匂いが漂ってくる。馬の尿を吸った藁の匂いだ。馬房から漂う悪臭を、よく「馬糞臭い」とたとえるが、厳密に言えばアンモニア臭のする寝藁の方が、より臭いが強烈なのだ。

厩舎はA～Eまでの五つに分かれていて、それぞれ二十五～三十頭の馬が収容されていた。厩舎には、各課程の生徒達が二、三名ずつ、同期が重ならないような形で配属される。

清掃作業は、無口《むくち》という革製の頭絡を馬に装着し、繋ぎ場へ移動するところから始める。無口には、騎手が騎乗する時に用いる頭絡とは違って、馬の口に装着するハミや手綱はついていない。

競馬学校の厩舎は、各馬房に隣接して一つずつ繋ぎ場が設置されていたから、そこに馬を出して手入れしたり、馬装もできた。

およそ三十分ほどかけて、一つの馬房を掃除する。ボロ（糞）を集め、寝藁を取り替えるのだ。尿で汚れた藁は天日干《てんぴぼ》しして再利用できるから、外に運び出したら、新しい藁を馬房に敷く。

乗馬スポーツ少年団で馬の世話をしていた祐輝にとって、さして難しい作業ではなかった。ホースマンクラブ出身の和馬も、二本の寝藁かぎを使って器用に糞尿で汚れた寝藁を運び出している。

それ以外のメンバーは馬の世話に慣れていないらしく、うまく寝藁を集められなかったり、ボロを落としたりと、なかなか作業が捗《はかど》らない。

「ほら、早くしないと、馬に蹴られるぞ」

見ると、無口頭絡を手にした上級生が、馬房の入り口で立ちすくんでいた。馬が後ろ脚を持ち上げて上級生を威嚇《いかく》していて、近づけないのだ。「モタモタするな」と言われ、意を決して中に入ると、バシーンと馬が壁を蹴る音が響いた。

「変な馬がいるな」

「あんな馬を担当させられたら、嫌だなぁ」

そう言い合っていると、別の上級生が「あれは元競走馬だ」と教えてくれた。つまり、コースを走る時に使われる馬だった。

「心配しなくても、一年坊主は乗馬の担当になる。大人しい馬ばかりだから安心しな」

入学後は、各自に三頭、宛《あて》がわれることになっていた。

「良かったー」と胸を撫でおろす魁人に、上級生はニヤリと笑ってみせた。

「とは言っても、馬は人を見て舐めるから、油断してたらやられるぞ」

そんな会話をしている最中、誰かが馬に嚙まれたらしく「痛っ!」と叫び声がした。壮一郎の声だ。「ほーら、見ろ」と上級生が勝ち誇ったように言う。

「このやろっ! 何すんだ!」

「馬鹿野郎！　嚙まれたお前が悪いんだ！」

拳を振り上げた壮一郎に、教官が雷を落とした。

「馬が嚙むのは、人間が何か気に障《さわ》る事をした時だ。嚙まれた理由を、よく考えてみろ」

かと思えば、人懐っこいのもいて、馬房の前に立った祐輝に鼻づらを近づけてきた。馬の熱い鼻息がかかる。相手をしてやりたいが、構っている暇はない。手早く無口をつけ、繫ぎ場へと引き出すが、その間もずっと祐輝の身体に顔をこすりつけてきた。

馬房の入り口にかけられたボードによると、「ピカメリー」という名の騸馬《せんば》――去勢された牡馬――だった。年齢は七歳、オーストラリアから輸入された乗馬用の馬だ。見た目こそ似ているが、乗馬と競走馬とでは雰囲気が違う。

清掃を終え、馬房に戻した後もピカメリーは顔を突き出し、祐輝の動きを目で追っていた。この馬であれば暴れる危険はないから、繫ぎ場に出さなくても掃除ができそうだ。

「これから、よろしくな」と挨拶のつもりで、鼻づらを撫でてやると、頭を下げて祐輝が着ている上着の裾《すそ》を咥《くわ》えた。

「集合！」

六時四十五分に点呼がとられ、食堂に移動したら、七時から朝食だ。

「ほら、走れ、走れ」

教官に追い立てられ、駆け足で寮に戻る。

食堂では全員が集合して朝食をとる。騎手課程だけでなく、厩務員課程の生徒も一緒だ。新三年生はトレセンで厩舎実習中だから、八月まで戻ってこない。今、校内にいる騎手課程の生徒は新二年生と祐輝達だけだった。

食事の配膳は自分達で行う事になっているから、料理が出来上がると、当番が皿をテーブルまで運んできて、あらかじめセットした盆の上に載せてゆく。

隣のテーブルでは二年生が、食事当番を取り囲んで何やら揉めていた。

「おい、何でお前のだけ量が多いんだよ?」

牛乳の量で喧嘩しているようだった。

「えぇー? 同じだろ?」

「よく見ろ!」

二つのコップを並べ、真剣な表情で比べている。

「ほんのちょっぴりじゃないか」

些細《ささい》な諍《いさか》いが収まり、食事が始まっても、彼らの話題は食べる事に関してだった。

「パン、残すの?」

「体重が増えてっから、ヤバいんだ。お前が食う?」

「食う、食う」

「いいよな。いくら食べても太らない奴は」

朝食は六枚切りの食パン一枚にロールパンが一個、オムレツにハム、サラダ、スープが並んでいて、自宅で食べていた朝食よりずっと豪華だ。

騎手課程生達の食事は、プロの栄養士が管理している。朝食と昼食は約八〇〇 kcal、夕食が七〇〇 kcal。一日の総カロリーが約二三〇〇 kcal と決められている。これは十五～十七歳の男子に必要な摂取カロリーと変わらない。一週間分の献立表を見ると、朝からハンバーグが出る日もあった。

「体重制限がある割りに、朝から盛りだくさんですね」

「余裕、余裕～」

和馬と壮一郎が言うのに、少し離れた場所で食事をしていた教官がニヤリと笑った。

「そんな風に言ってられるのは、今のうちだけだぞ」

食べ終わった皿を戻す時、厨房《ちゅうぼう》から管理栄養士が顔を出し、一人一人に声をかけている。

「味はどうだった？　量は足りた？」

「はい！　めちゃくちゃ美味かったっす。幾らでも食べられるっす」

壮一郎が調子良く答えている。

「そう、ありがと。お代わりもできるけど、そこは体重と相談してね」

上級生の中には、朝ご飯をお腹いっぱい食べる為に、前日の夕飯でご飯を抜いたり、おかずを残すなどして調節している者もいるという。

「あと、何か食べたいものがあったら、遠慮なくリクエストしてね」

「じゃあ、トンカツ」

「カレーライスをお願いします」

「僕、オムライス！」

若くて綺麗な管理栄養士に、壮一郎、和馬、魁人の三人は大張り切りで答えている。

「白鳥くんは？」

突然、名指しで聞かれ焦った。

「あ、俺？　唐揚げとか、フライドチキンとか……」

「鶏料理が好きなの？」

「ええ、まぁ……」

「だったら、カロリーオーバーにならないように、鶏むね肉の揚げ焼きにするね。あと、唐揚げ風味のソテー」

聞いてるだけで、美味そうだ。

「松尾さんは何がいい？」

皿が載った盆を返し、そのまま立ち去ろうとしていた楓子に声がかかった。足を止め、何かを考えるような素振りをしている。

「……特に。自分は好き嫌いもないですし……」

魁人が大きな声で「『自分』やって」と言いながら、くすくすと笑った。

――お前が「ボクっ娘」とか呼んで、からかうからだろ。

「そう。何でも美味しく食べられるのね。良い事だわ」

管理栄養士が、明るく言った。

朝食を終えたら、午前中は実技となる。今日は屋内の覆馬場《おおいばば》で基本馬術の実技訓練だった。覆馬場というのは屋内にある馬場の事だ。

一年生は厩舎前の広場に集合した。周囲には大きな樹木が茂り、馬が落ち着ける環境だ。

実技指導の教官は、こちらも女性だった。

「石川《いしかわ》です。私は馬術競技の選手でした。どれだけ馬をコントロールできるかを競う競技で、皆さんには私が選手生活から得た技術や経験を、きっちり指導してゆきます」

そういえば、競馬学校の公式サイトに、石川教官のインタビューが掲載されていた。それによると中学生から乗馬を始め、国体にも出場した経歴を持っているという。しかし背が低く童顔のせいか、高校生ぐらいにしか見えなかった。

横目で隣に立つ魁人を見ると、神妙な顔をして話を聞いているが、内心、「かわいい」とか「萌える」とか考えていそうだった。

「競馬学校を受験するまで、馬に触った事のない人が何人かいるので、今日は基礎から復習しましょう。ついて来て」

厩舎に入ると、石川教官は栗毛の馬が入っている馬房の前に立った。朝の清掃時に上級生を威嚇していた、あの気性《きしょう》の荒い元競走馬だ。「マロングラッセ」という、優雅なお菓子の名前がつけられている。

「マロンはみんなが最初に乗る乗馬ではなく、走路用の馬です。が、ちょうど身体が空いてるので、この馬を使って、今から騎乗前の手入れと準備をやってみせます。まず、無口をつけるところから、おさらいします。それと、曳《ひ》き手《て》は馬が踏んだり、人が足を引っかけたりしないように、馬房に入る前に束ねておきましょう」

まとめたロープを左手に持つと、教官は馬房の引き戸を開けた。馬はこちらに尻を向け、寝藁を齧《かじ》っていた。

「このように、馬房を開けた時に馬が入口に背中を向けていたら、音を立ててこちらを向かせます」

手にした無口を振ってみせる。金具やチェーンがこすれる音に反応して、馬がのっそりと動いた。

「マ・ロ・ン」

教官が名前を呼ぶと、馬が顔を上げ、こちらを向いた。

——うわ、怒ってる。

耳を絞っているが、教官は気にせず、穏やかに話しかけた。

「マロン。昨日はよく寝れた？　悪いけど、ちょっとだけ協力してくれないかなー？」

マロンは欠伸をすると、身体をぶるっと震わせ、こちらに歩いてきた。耳をくるくると回しているが、教官が鼻づらを撫でると、落ち着きを取り戻した。

「よしよし、いい子だね。マロン」

教官の胸元に鼻づらをくっつけ、甘えている。

まるで手品を見ているようだった。

「じゃあ、始めます。作業する位置は、必ず馬の左側……」

馬の頸《くび》あたりに立つ。

「両手でしっかりと無口を持ち、手を伸ばして馬の鼻から項革《うなじがわ》と鼻革を顔に通します」

右腕は馬の顎の下だ。

項革とは耳の後ろ、後頭部に回す部位で、鼻の上に当たる部分が鼻革だった。

「そして、項革を耳にかけます。この時、馬が動いたら、左手で軽く鼻を押さえて下さい。馬が苛々《いらいら》しないように、スピーディーに済ませるよう心掛けましょう」

そして、最後に耳の下から喉元《のどもと》を通る喉革部分のフックをかければ完成だ。

「無口を頭に通す事ばかりに気を取られて、フックをかけ忘れると、無口が外れてしまうので、必ず確認するように」

皆の反応を見ながら、教官が説明を続けた。

「この時も、立つのは左側。曳き馬をする時、近づき過ぎると足がぶつかったり、踏まれたりして危険なので、馬より少し前を歩くつもりで、これぐらいの間隔を空けて下さい。右手は曳き手の鎖《くさり》の部分、馬の口から二十センチぐらいの所を持ち、馬が余った綱や鎖を噛んだり、遊んだりしないようにする事」

そのまま繋ぎ場へと馬を出した。

繋ぎ場の金具に曳き手を結んだら、まずは体温を測る。尻尾《しっぽ》を掴んで、肛門に電子体温計を差し込むと、十秒ほどでアラームが鳴った。

「馬の体温は三六・九度から三九度。マロンは三七・九度なので、平熱の範囲です」

次は蹄《ひづめ》の手入れだ。手入れ用の道具をまとめた籠《かご》から、教官は鉄爪《てっぴ》を取り出した。そして、マロンの右肩あたりで屈《かが》むと、軽く肢《あし》を叩いた。

「反応しない場合は、こうやって自分の肩で馬の肩を押してやると、反対側に重心が移るので、肢を持ち上げやすくなります」

肢を抱え込むと、鉄爪で蹄の裏側に付いたボロや埃《ほこり》をかき出していく。

裏掘りと呼ばれる作業だ。

「きちんととってあげないと、蹄が腐ってしまうので、手を抜かないで下さい」

右前肢《ぜんし》が終わると、右後肢《こうし》、左前肢、左後肢と同じ手順で手入れをする。

「次にブラッシングです」

馬房から出たばかりの馬は、ゴミや埃で汚れている。教官が腹にブラシを当てると、マロンが「きゅうん」と言いながら、右後肢を上げた。

「お腹は敏感な部分なので、触られるのを嫌がる馬もいます。丁寧《ていねい》にブラッシングする事を心掛けましょう。それでは、同じ手順で自分の馬を連れてきて下さい」

新入生は自分に割り振られた馬に無口をつけ、繋ぎ場に出してくる。ここまでは皆、乗馬クラブで習ってきていたようで、手間取る者はいなかった。ロープワークは難易度が高く、「馬つなぎ」という独特の結び方を覚えないといけないのだが、それも何とかやっている。

その後、鞍を載せ、ハミや手綱がついた頭絡を装着してゆく。

ハミがなかなか口に入らずに苦労している者には、教官が「口角に親指を入れてごらん」と助言していた。

「そこは歯が生えてないから、噛まれる心配はないわよ。怖がらずに。ほら」

壮一郎が「怖がってねーし」と強がりを言っている。

「背中が吊り橋状になっていたり、切歯《せっし》と前臼歯《ぜんきゅうし》の間に大きな隙間があったりと、馬は人を乗せるのに都合の良い構造をしています。みんな、飛び乗りはできるね？」

乗馬クラブでは踏み台を使って馬から乗り降りしていたが、ここではいきなり踏み台なしで飛び乗りをするのだった。

馬の左横からジャンプし、背中に腹ばいになったら右脚を振り上げ、鞍を跨《また》ぐようにして馬に乗る。

「この時、タテガミと一緒に手綱も持って下さいね」

馬が動いた時、すぐに手綱を曳けるようにだ。

練習用に宛がわれた馬は皆、大人しい。飛び乗りに手間取る生徒もいる中、辛抱《しんぼう》強くじっとしている。祐輝が騎乗するピカメリーも、これまで乗ったどの馬より扱いやすかった。

広場で教官が待っていた。

ここでウォーミングアップをするのだが、教官の前を通る時に、馬の状態を報告する。

「お願いします。三番、白鳥祐輝。ピカメリー、体温三十八・六度。ありがとうございます」

そして、覆馬場まで歩かせる。

「近づけ過ぎると蹴られるから、少し離れて」

誰かが注意を受けているのが聞こえた。

覆馬場の中は砂が敷かれていて、建物の壁に沿って馬を歩かせる。壁には鏡が貼られていて、自分で騎乗姿勢を確認することができた。

実際のレースでは鞍から腰を浮かせる「モンキー乗り」で走ることになるが、最初は鐙を長くして、馬の動かし方から習う。走路で馬を走らせるのは七月からで、それまでに、馬の上にしっかり座り、障害物を飛ぶ——つまり馬に慣れる為の訓練が行われる。

「上半身は真っ直ぐ。前傾し過ぎたり、上体が後ろに倒れないように。座るというよりは、しゃがむという意識で。そうそう、いいですよ。みんな」

競馬学校を受験するまで馬に触った事がなかったのは、魁人と壮一郎の二人だった。それでも、入学する前に競馬学校から紹介された乗馬クラブで練習をしていたから、初心者レベルはクリアしていた。

五人全員が馬場に出ると、地面の上に並べられた横木を跨ぐ練習が始まった。

「横木と横木の間を歩く時は歩数を数えて。同じ歩数になるように、扶助《ふじょ》します」

扶助とは、脚や騎座《きざ》、お尻を使って馬に合図を送る事だ。

「大坂。もう少し強く押して」

「う、は……はい」

「もっとお尻を使って」

五人の中で一番さまになっているのは、和馬だった。教官も「いいですよ。麻生」と褒《ほ》めている。

「凄いなぁ、麻生くん。焦るわ」

魁人も和馬には変なあだ名をつけず、「麻生くん」と呼んでいる。

「乗馬歴五年ですから。皆さんもすぐ、できるようになりますよ」

謙遜《けんそん》する和馬に、壮一郎は負けん気を剝《む》き出《だ》しにしていた。

「俺達がやるのは競馬だし。乗馬じゃねーし」

「そうです。須山くんの言う通りです」

二人の会話を聞いていたのだろう。最後に石川教官が皆を集めた。

「確かに競馬と乗馬は違うよ。君達が騎手になれば、馬を速く走らせてレースで勝つ事を求められる。でも、騎手の仕事はそれだけじゃない。乗馬が苦手な子は、調教や馴致《じゅんち》に興味を持たないけど、若い馬を調教したり、競走馬を仕上げたりする時、乗馬の技術を生かすと、馬がちゃんと言う事をきくようになるの。だから、おろそかにして欲しくない」

一人一人の顔を見ながら、諭《さと》すように言い含める。

「今は入学前の体験だから、教官も皆、優しいけど、こんなもんじゃないから」

それまでの優しいお姉さんといった雰囲気《ふんいき》は消え、厳しい指導者の顔になっていた。

＊

午後は座学の時間で、上級生は教室で授業を受けている。

その様子を、祐輝達は廊下から窓越しに見学させてもらった。

教室の後ろの壁には、馬の解剖図が貼られている他、矯正用馬具や様々な種類のハミを付けた馬の頭の模型が陳列されている。ここでは国語や社会といった科目の他に、馬についても学ぶのだ。

見ていると、船を漕《こ》いでいる生徒もいる。

「では、今から初期調教の見学だ」

教官に連れられて、外に出た。石川教官とは別の、若い男性教官だった。

「今、競馬学校では一人の生徒に四頭の馬が用意されている。何故《なぜ》、こんなにたくさんの馬がいるのか。分かるか？」

誰も答えないでいると、「麻生」と教官が指名した。

「それぞれ、違う調教をされているのだと思います」

「そうだ。乗馬、走路を走らせる馬、目的に応じて調教しているんだ」

競馬学校創設時には乗馬用の馬で訓練していたから、モンキー乗りで押しても、ちゃんと走らなかったのだという。

現在では、調教師との連絡を密に取り、引退する競走馬の中から適性のある馬を引き受けるなどしたおかげで、当時と比べれば格段に馬の質が上がっているらしい。

「ただし、競走馬はそのままだと使えない。牡馬は去勢して性質を大人しくさせたり、リトレーニングで人との関わり方を学ばせたり、競馬では求められない事も教えていくんだ」

今日の午前中の訓練では、上級生は授業の内容ごとに、何頭かの馬を乗り換えていた。その中には、厩務員課程生が用意した馬に乗るというものもあった。

「あれは、トレセンで調教に乗る時や、レースに向かう時のシミュレーションだ。実際、騎手になれば厩務員に馬の状態を聞く事もあれば、騎乗する時に補助してもらうなど、関わりができる。あの授業を通して、厩務員との付き合い方が学べるんだ」

騎手課程は二年目の八月から一年、栗東や美浦のトレセンで実習を受けるから、その為の予行演習でもあった。

向かった先では、ロープをつけた馬が左回りに円を描きながら走っていた。春の日差しを浴びた黒い馬体が輝く。中央に立っているのは、石川教官だった。

「ちょっと速いよー。ゆっくり行こっかー」と馬に話しかけている。

「あれは引退した元競走馬に、乗馬の調教をしているんだ」

競走馬は速く走る為の訓練を受けているが、乗馬はゆっくり走る事を求められる。いわば、アスリートに初心者レベルのペースで動けというようなもので、何かの拍子に速く走ろうとしてしまうのだ。

「ほーら、ほーら」

石川教官は励ますように声をかけている。そうすると、また馬は元のテンポを取り戻し、速度を落とした。馬に繋げられたロープは、適度な弛《たる》みを持たせてある。強く拘束されている訳ではないから、無理に従わせているのではない。

「いいよ、いいよー」

やがて、馬はゆっくりとスピードを緩めると、教官と相対《あいたい》するような位置で停止した。そして、自ら教官の右側へと回り込み、同じ方を向いて静止した。

「よくできた。いい子、いい子」

石川教官はポケットから角砂糖を取り出すと、鼻づらを撫でながら馬に与えた。

「すげぇ、犬みてえだ」

壮一郎の言葉に、石川教官が笑った。

「私は馬の言葉が分かるのよ」

そう言って、胸を張る。

「分かる？　馬の言葉が……」

はっとしたように、楓子が顔を上げた横で、壮一郎が「嘘だぁ」と小声で呟いた。だが、あの気の荒いマロンを大人しくさせたのを見ても、彼女が馬とスムーズにコミュニケーションを取っているのが分かった。

「みんな、競走馬の離乳時期について知ってる？」

石川教官の質問に、誰も答えることができなかった。

「答えは生後六ケ月。でも、野生の馬は生後一年ぐらいまで母馬と一緒にいて、少しずつ他の馬と関わりながら、自然に親離れします。ところが、牧場にいる馬は子別れといって、無理やり母馬と引き離される。その目的は何だか分かる？」

皆を見回す。

「まず一つ目は、母馬を次の出産育児に備えさせる為」

馬は一度の妊娠で一頭の仔馬《こうま》しか産めない。コストを考えたら、自然に子離れするのを待てないのだと言う。

「そして、もう一つは母馬への依存を切り離して、人間との関係を築《きず》きやすくするのが目的なの。だから、この子達が知ってるのは、レースに関する事だけ。本当だったら母馬から教わる馬の社会について何も知らないの。だから、私は馬のお母さんになったつもりで、馴致をします。馬が『この人は信頼できる』と感じれば、さっき誰かが言ったように、よく躾《しつ》けられた犬のように、ロープなしでついてくるようになるのよ」

馬具や鞭《むち》を使わなくても、信頼関係を築く事で馬とコミュニケーションできる。彼女はそう言っているのだ。

祐輝は以前、トレセンで見た光景を思い出した。あの時、調教を嫌がって動かなくなった馬を、助手は叩いて走らせようとしていた。だが、服従させなくても、馬はコントロールできると言うのだ。

——俺がこれまで見てきたのは、一体何だったんだ？

＊

その日の午後の厩舎作業では、上級生がマロンの馬房を掃除するのに手こずっていた。皆、馬房を覗いただけで威嚇され、中に入れずにいる。全く清掃が捗らなかった。

「一年生、度胸試しにやってみるか」

他人事と思って見ていたら、上級生からそんな風に言われた。冗談ではなく本気らしい。そこで、じゃんけんで誰がマロンの馬房を掃除するかを決めた。負けたのは魁人だった。

魁人が恐る恐る馬房を覗くと、それだけでマロンは首を高くもたげ、耳を絞っている。

「おいおい、無理すんなって」

「教官は、落ち着くのを待ったら大丈夫やて言うてた。そろそろ、ええんちゃう。お邪魔しま……。うわわぁ！」

がしゃん！　と大きな音が響いた。

扉を開けようとした魁人に、マロンが突進してきたのだ。

「やっぱり、あかんわ……」

魁人が情けない声を上げる。

「繋ぐのん諦めて、フォークを外から入れて、ボロだけ出そや」

「駄目です。危ないです」

「おい。ゆっぴ、お前がやってみろよ」

壮一郎が無口を祐輝に押し付けた。

「その呼び方、やめろよ」

魁人がつけた変な呼び名だが、いつしか壮一郎も使うようになっていた。

「相手は草しか食ってないんだ。俺達人間様は肉を食ってるんだから、負ける訳ない」

「どういう理屈だよ？」

しかし、何故、こんな馬が競馬学校にいるのか？　騎手課程生の中には乗馬初心者もいる。だから、特に大人しい馬を集めていると聞いていた。

「ゆっぴ。お前、馬が怖いんだろう？」

図星を刺され、咄嗟《とっさ》に言葉を返せなかった。

「ほーら。顔が赤くなった」

「お前は怖くないのか？」

「当然だろ」

「あまり馬を舐めない方がいいぞ。普通は、あんな風にじっとしてくれない」

今日の授業で、壮一郎は頭絡をつけるのに手間取っていたが、馬は辛抱強く待っていた。

「あんなの、慣れればすぐできるようになるし。ゆっぴこそ、乗馬経験者の割りに馬の扱いが下手だよな。教官に怒られてた」

嬉しそうに笑う。

「悪かったな」

乗馬スポーツ少年団でも、祐輝は馬の扱いが下手な方だった。いや、毅然《きぜん》とした指示を出せず、馬に舐められていると言った方が正確か。ましてや、マロンのような人間を威嚇する馬は、見ただけで身体が縮み上がる。

「ほら、早くしないと飯の時間になるし！」

急《せ》かすように壮一郎が言った。

「だったらお前がやれよ」

押し付けられた無口を突き返したが、壮一郎は両手を背中の方で組んで胸を張る。

「俺は初心者だし。経験者の腕前を見せてくれよ」

「おいおい。今年の新入生は皆、だらしないなぁ」と、上級生がからかった時――。

「待って。ボクがやってみる」

そこで名乗り出たのは楓子だった。

「大丈夫か？」

「貸して」

祐輝から無口を受け取ると、楓子は馬房に近寄った。馬は後ろを向いたままで、楓子が馬房の壁を叩いても、「マロン」と呼んでも反応がない。

楓子は、今度はわずかに顔をそらすと、再び名前を呼んだ。教官がやっていたように一語ずつ区切って「マ・ロ・ン」と。

「おい、何やってんだ？」

「いいから。みんな、少し離れてろ」

楓子は馬房の扉を開け、馬に背を向けたまま中に入った。

いつ、マロンが突進してくるか分からないのに、背中を向けて大丈夫なのか？　すぐに逃げられないのではないか？　冷や冷やしながら見ていた。

「なぁ、楓ちゃん、大丈夫？」

魁人の声に、楓子は俯いたまま「絶対に傍に寄るな」と答える。

こちらの心配を他所《よそ》に、楓子は馬に背中を見せたまま立ち止まった。馬房に侵入してきた楓子に気付くと、マロンは落ち着かなげにきょろきょろしていたが、やがて楓子の背中に鼻先を近づけた。匂いを嗅《か》いでいるようだ。

だが、楓子がさらに近づこうとすると、馬の気配が変わった。呼吸が少し速くなってい

る。それに気付いた楓子は、近づくのをやめた。

「あら、凄いね。マロンの馬房に入れる子がいたんだ」

様子を見に来た石川教官が、感心したように立ち止まった。

「松尾は、馬の扱いが上手いね」

「でも、これが精一杯」

楓子が顔を上げると、額《ひたい》の汗を拭った。

「そう？　マロン、怒ってないわよ」

「マジぃ？」

様子を見ようと、壮一郎が馬房を覗いた。途端にヒイーンと、マロンが甲高《かんだか》く嘶いた。

「どいて！」

壮一郎の上着を、教官が引っ張る。興奮状態に陥《おちい》ったマロンが、壁を蹴る音が響いた。

「何でい、俺の顔が気に食わねえのかよ？」

「やっぱり、駄目か……」

咄嗟に馬房の外に出て、難を逃れた楓子が言う。

「そんな事ない。マロンの傍に近づけただけでも上出来」

石川教官は親指と人差し指で丸を作り、楓子の前に差し出した。

「馬が臆病《おくびょう》なのは、分かるよね？　長く速く走れる能力は、元は捕食動物から逃《のが》れる為のもの。だから、馬には『人間を恐れる必要はない』と教えてあげないといけない。あなた達がマロンを怖がってる以上に、マロンはあなた達を怖がっている。すぐには難しいかもしれないけど、少しずつ距離を縮めてゆこう。これも勉強」

そして、十七時までに厩舎作業を終えると、夜飼付《よがいづけ》の前に生徒達は先に夕食を済ませてしまう。それが夜のスケジュールだ。

寮に戻ると、すでに厩務員課程の生徒が集まっていた。彼らは騎手課程生とは別の寮で寝起きしていたが、食事の時は公正寮まで移動するのだ。

食事前、寮母が風呂に入る順番を説明にきた。

「一年生は上級生の後に入ってね」

風呂は寮内に二つあるが、そのうち一つは女子専用だ。普段は男子が入れないように扉がロックされていて、二年生の女子生徒と楓子が二人で使うのだという。

生徒達は夕飯をとった後、暫く時間を潰してから馬に飼い葉を与えにいく。それが終われば、就寝前の厩舎の見回りまでは、自由時間となる。とは言っても、まだ上級生が入り終わっていないから、入浴の順番は暫く回ってこない。

「ちぇー。女子はいいよな。好きな時に風呂に入れて、時間も気にしなくていいとか、ずるくないか？」

壮一郎がブツブツ言い出す。祐輝も同じ気持ちだった。

――早く風呂に入って、寝たいな……。

欠伸が出る。

自宅では、好きな時間にゆっくり風呂に浸《つ》かれたが、ここでは分刻みのスケジュールで動き、時には順番を待つという生活だ。

パシン、パンッ。

厩舎の見回りに行き、消灯して寮に戻ってくると、何処からか音が聞こえてきた。寮内にあるトレーニング室からだ。

覗くと、上級生が、木馬を使った騎乗トレーニングを行っていた。右に左にと鞭を持ち替え、木馬を叩く度、バシンと音がする。

「カッコいいなぁ。あぁ、俺も早くコースを走りてぇ」

一緒にいた壮一郎が、じっと木馬に乗る上級生の背中を睨《にら》んでいる。

「駆けっこなら、俺は誰にも負けないし……」

乗馬や厩舎作業では、和馬や楓子ばかりが良いところを見せていたから、面白《おもしろ》くないのだろう。

木馬が停まった。

「先パーイ、俺もやっていいっすか？　てか、やるに決まってっし」

丸顔で、人の好《よ》さそうな上級生は、電動木馬の操作方法を壮一郎に教えている。

「すっげ！　これって世界に三台しかないんだってよ！　ゆっぴー、お前もやる？」

「俺はいい」

廊下を歩き、入り口前にあるフロアへと向かった。

テレビを囲むようにソファが置かれたここは、寮内で唯一、ゲームをしたりテレビを見たりできる場所だ。壁に沿ってロッカーが置かれていて、そこでおやつを保管している。

楓子が一人でゲームをしていた。

テーブルの上には、クッキーとジュースが置かれている。

回れ右をして部屋に戻ろうかと考えたが、背を向けるより先に向こうが気付いた。そのまま立ち去るのは大人気ない。ロッカーからおやつを取り出し、楓子から離れた場所に座って「テレビ、つけていい？」と聞いた。

「うん」

ゲームの画面から目を離さないまま、楓子が返事した。

「それ、『アイホス』？」

黙っているのも感じが悪いかと思い、話しかけてみた。

「アイホス」とは、「アイドルホーストーナメント」の略称で、育成シミュレーションゲームだ。実在の競走馬を美少女キャラクターに擬人化《ぎじんか》し、彼女達を育ててレースで勝たせるという内容だった。

「白鳥もやるのか？」

「俺はあんまし……。部活で忙しかったし」

「そうか……。あ、美浦トレセンに、ムーンライトメルモを担当した厩務員がいただろ？テレビに出てた」

その番組内で、自身も「アイドルホーストーナメント」のファンで、擬人化されたムーンライトメルモを育成していると語っていたらしい。ムーンライトメルモはダービーを勝った後、古馬になっても活躍し、GⅠ三勝という栄光をひっさげて、繁殖に上がった。

「いいな。実物を見れて」

「それが、見た事ないんだ」

「え？　トレセンに住んでるのに？」

「トレセンには二〇〇〇頭も馬がいて、レースが終われば外厩に出される。それに、俺んちはトレセンの外にあったから……」

「そうか……」

ガッカリしたように言う。

「親父が乗ったイットーボーイなら、触った事ある」

イットーボーイも「アイホス」に登場する馬だ。皐月賞《さつきしょう》を経てダービー、菊花賞《きっかしょう》と距離を延ばす牡馬《ぼば》クラシック路線には進まず、一四〇〇メートル以下の短距離路線で活躍した馬だ。

イットーボーイが凄いのは、種牡馬《しゅぼば》になってからだ。短距離やマイル路線の活躍馬を次々と出し、「スプリンターズステークス」の馬柱《うまばしら》では一時期、父の欄がイットーボーイの名前で埋まっていた事もあった。

「『アイホス』だと、日頃は大人しいのにレースになると人が……、馬が変わるんだ。本物のイットーボーイもそうだったのか？」

「触っても怒らないかわりに、じゃれてもこなかった」

超然としていて、人の心を見透かすような目をしていたのを思い出す。

「宇宙人が俺とイットーボーイが一緒にいるのを見たら、イットーボーイの方を高等生物だと思ったかもな」

「ははっ」と小さな笑い声が返ってきた。そして、ゲーム機を膝《ひざ》に置くと、楓子はおもむろに問いかけてきた。

「白鳥は、何で騎手になろうと思ったんだ？」

「それは、馬が好きだから……かな」

楓子が頷く。

「いいよね、馬は。ちゃんと人として、こっちを認めてくれる。男とか女とかじゃなく」

「馬に乗るのに、男も女もないだろ。現に、女性騎手だって活躍している」

　日本中央競馬会では、一九九〇年代に六人の女性騎手がデビューしたものの、騎手課程十六期の西原玲奈《にしはられいな》が卒業した後、三十二期生の藤田菜七子《ふじたななこ》がデビューするまで、女性騎手がゼロだった。それが、十六年ぶりに登場した藤田の活躍で、翌年からは毎年のように女性の騎手候補生が入学し、今では七名の女性騎手が所属している。

　だが、楓子の顔に翳《かげ》りがさした。

「ボクも、デビューしたら女性騎手って呼ばれるんだろうか……」

　そんなに女扱いされるのが気に食わないのだろうか？

「人数だって増えたんだし、ただ『騎手』と呼べばいいはずなのに」

「増えたって言っても、騎手全体の数から言えば、まだまだ女性は少ないじゃないか」

　楓子が眉間に皺を寄せた。

「白鳥に聞いて欲しい事がある。いずれは……皆にも、ちゃんと言わないといけないと思ってる事なんだけど……」

「何？　改まって」

　深刻な話が始まりそうな予感に身構える。

「俺だけじゃなく、皆が集まってる時に話せよ」

その時、魁人、壮一郎、和馬の三人の声がした。壮一郎がブツブツと文句を言っている。

「ちぇーっ！　お前にはまだ早いって、何だよ！」

「古い木馬がありますから、我々は暫くあれで練習しましょう」

電動木馬に乗っているのを別の上級生に見つかり、きつく注意されたらしい。

「あの木馬、尚ちゃんが使ってるのと同じ最新の木馬や。あれを使うと、実際の馬の走りとかレースをリアルにシミュレーションできるねんで」

「その、親父を尚ちゃんって呼ぶの、やめろよ。気色悪いし」

「えー、普通やろ？」

「普通じゃねーし。うちはクソ親父って呼んでっし」

そのまま三人揃って二階の自室に戻ろうとしているのを、祐輝は追いかけた。

「おーい！　待ってくれ」

「あ、ゆっぴー。楓ちゃんも」

魁人が嬉しそうに手を振った。

「松尾が皆に話したい事があるって」

全員の目が楓子に注目した。

「なんだよ」と壮一郎が不機嫌そうな目を向けてきた。

楓子は「もういい……」と言って、立ち上がった。そして、廊下をすたすたと歩いていった。

「何だよ、あれ？」

残された四人は首を傾げながらも、各々《おのおの》の部屋に戻った。何かを考えるには、疲れすぎていた。

三

保護者控室に入ると、熱気が押し寄せてきた。久しぶりに家族に会うという状況が、皆を興奮させるのだろうか。いつもより、室内の温度が高い気がする。

「尚ちゃん！　ルミちゃん！」

両親を見つけた魁人が、勢い良く駆け寄った。

「元気だったぁ？　もう、カイ君がいないから、寂しくって……」

ルミは魁人に抱きつくと、今にも泣き出さんばかりの声を出す。その脇で尚人が「子供がいないおかげで、羽を伸ばせるとか言ってなかったか？」と呆れていた。

相変わらず目立つ大坂夫妻に、今日は和馬の父親が傍に貼りついていた。尚人に向かって、何やら熱心に質問をしている。

「お兄ちゃん！」

向こうの方で、遥が手を振っていた。

「その制服、いいじゃん！」

普段はジャージや作業着の騎手課程生も、入学式の今日は紺のブレザーに灰色のスラックスを穿《は》き、胸元にコサージュをつけている。

「何で、お前が来てるんだよ」

「いいじゃん。別に」

「俺だけじゃないか。妹が来てるのなんて」

だが、遥はどこ吹く風で、ちょうど目が合った魁人に甘ったるい声で「カイくーん」と呼ぶなど、愛嬌《あいきょう》を振りまいていた。

「このガッコ、いいなぁ。私もここに入ろうかな？　ね、お母さん。私も騎手になりたーい」

「やめとけ。だいたいお前、田舎暮らしが嫌なんだろ？」

「東京まで電車で一時間もかからないんだから、ここは田舎じゃないもん」

「甘いな。俺達が外出できるのは日曜日だけだ。それも、当番制で馬の世話があるから、毎週じゃない。外泊も禁止だ」

雅美が笑い出した。

「遥は今、学校でちょっとした『時の人』なのよ。祐輝が競馬学校に合格して、新聞に名前が出たでしょ? 今日の入学式もテレビが入ってるからって、何を着ていくかで大騒ぎ」

「あ、そうだ。テレビ! お兄ちゃん。私、変じゃない?」

立ち上がって、その場でくるりとターンしてみせた。スカートの裾が円弧を描いて翻る。

「保護者席も映るんだよね?」

「馬鹿かよ。誰も、おめぇなんかみねえよ」

「あ、ひっどーい!」

その時、案内の声がした。

「これより騎乗供覧《きょうらん》を行います。移動をお願いいたします」

式が行われる前に、コースで上級生による騎乗が披露されるのだ。

新入生と保護者達は調教スタンドへと入った。走路での訓練時、教官はここから生徒にトランシーバーで指導をし、指示を出す。今日は屋上に階段状に台が設置されていて、そこに並ぶとメディアのカメラが向けられた。

「やだ、髪の毛が……」

スタンドの屋上では風が吹き荒れていた。前髪が乱されるのを気にしてか、遥はしきりに手で押さえている。

やがて、騎乗供覧が始まった。

レースではなく単走で、外走路を左回りに走る。騎乗するのは二年生で、先輩一人ひとりの走りを観察できるチャンスでもあった。

ダカダンッ、ダカダンッ、ダカダンッ——。

砂を巻き上げながら、馬が左から右へと駆け抜けていく。

「競馬学校のコースは左回りなんだな」

そう呟いたのは、和馬の父親だった。そして、「よく『この馬は左回りが得意』って言いますけど、あれって本当なんですか？」と尚人に質問した。

ＪＲＡの競馬場は合計で十箇所ある。うち、東京、中京、新潟《にいがた》が左回りで、札幌《さっぽろ》、函館《はこだて》、福島《ふくしま》、中山、阪神、京都《きょうと》、小倉は右回りとなっている。

「確かに右回りに強い馬、左回りに強い馬がそれぞれいますね。人間に右利き、左利きがあるように、馬にも得意、不得意な回りがあるんです。馬柱の戦歴を御覧になって下さい。しっかり成績に表れてますから」

「馬にも利き腕……というか、利き脚があるんですか？」

「ええ。麻生さんは競馬通ですから、『手前《てまえ》』という言葉、ご存じですよね？」

「手前」というのは、馬が走るときの脚の運び方の事だ。

「もちろんです。右脚が先に出るときが右手前、左脚が先行する場合は左手前です。レースではコーナーで先行する脚が外側になると、外に膨らんでしまいますから、右回りなら右手前、左回りなら左手前で回ります。あと、直線に入ってからも手前は替えるんですよね？」

「その通りです。ただ、調教しなければ、馬は左右どちらかの手前ばかりを使って走るんです」

騎乗供覧そっちのけで、盛り上がっている。やがて、騎乗供覧は終了し、一行は式場へと移動した。

その時、絵にかいたような桜吹雪《ふぶき》が目の前に広がった。前を歩く壮一郎の肩に花びらが落ちる。入寮する頃に蕾《つぼみ》だった桜が今は満開で、風に吹かれてはらはらと舞い、散っていった。

「じゃ、また後で」

雅美に肩を叩かれ、待機場所へ向かった。

入学式は体育館で行われる。

式には白井市の市長やＪＲＡの役員の他、農林水産省、日本調教師会、日本騎手クラブから来賓《らいひん》が出席し、彼らに見られながら入場するのである。何度か練習をしていたが、その時は無人だった。それが今、体育館の周囲には、黒いスーツを着た来賓が集まっている。彼らを見た途端に祐輝は緊張し、急にもよおした。

「すみません。トイレに行ってきます」

「あまり時間がないぞ」

「はいっ！」

教官に断って、手洗いに向かう。用を足して、個室から出ようとした時、誰かが入ってきた。

記者達のようで、「入学式は見ものだな」と言い合っている。

「皮肉なもんだな。なるべく二人を引き合わせないようにってメディアは気を遣《つか》ってきたのに、その息子達が同級生にねぇ……」

開錠しようとしていた手を止める。

「しかし、息子はデビューする前の尚人にそっくりだな。まぁ、楽しみっちゃ楽しみだ」

「そうそう、競馬サークル出身じゃなかったし、顔が綺麗なだけで全く凄みもなかった。まさか、あそこまで活躍するとは予想できなかった」

「父親そっくりといえば、祐三の息子も……だぜ」

「競馬学校の中で暴行事件とか、まさかないだろうな」

洗面所で手を洗うと、彼らは大笑いしながら出ていった。祐輝は十数えてから個室を出た。

ドアを開けた途端、洗面所の鏡に映った自分の顔と相対する。

数十年前、この鏡は父の顔も映していたかもしれない。そう考えた途端、何ともいえない重苦しさを感じた。

戻ると、教官から「遅いぞ」と注意される。

「それから、コサージュがひっくり返ってる」

慌てて直す。

「須山はズボンが長いな。だらしないから、もっとベルトを締めて」

粋《いき》がって腰穿きしていたのを、直させられている。

「式の後、来賓には『ありがとうございます』、メディアには『お疲れさまです』と挨拶するように。君達は注目されている。それを忘れるな」

体育館に入場すると、拍手で迎えられた。一人ずつ順に紹介され、最前列まで進んでいく。

次は祐輝の番だ。

「茨城県出身、白鳥祐輝くん」

「はい！」

大きな声で返事をすると、カメラのフラッシュが光り、大勢の人の視線を感じた。

「ゆっぴ、見てみ。壮ちゃん、手足が一緒に出てる」

着席すると、先に座っていた魁人が、壮一郎を見て笑っている。

全員が着席すると、日本中央競馬会副理事長から式辞が述べられ、次に校長挨拶があった。

「新入生の方々、ご入学おめでとうございます。そして、温かい愛情をもって支えて下さったご家族にも、心よりお喜びを申し上げます。また、本日はご多忙のところ、多くのご来賓の皆様にご臨席を賜《たまわ》り……」

ぴんと張りつめた空気の中、声がよく通る。

「競馬では競走馬と共に、騎手という存在がその主役を務めます。華やかな舞台で主役を務める騎手に対しましても、競馬ファンが大きな声援を送り、その活躍をマスコミが大きく取り上げます」

近年、活躍した騎手の実績や、この三月にデビューした卒業生六名のうち、既に三名が初勝利をあげた話が続く。

「この競馬学校はプロの騎手を養成し、その華やかな世界に皆さんを送り出す学校です。ただし、この学校に入学さえすれば三年後、自動的に騎手にしてもらえる訳ではありません。おそらく競馬学校での三年間は楽しい事よりも、苦しい事の方が多いでしょう」

誰かが唾《つば》を飲み込む音が聞こえた。

「これから新入生の皆さんは将来騎手になる、そして競馬の世界で活躍するという目標に向け、新たな生活をはじめます。それは、中学時代の同級生が過ごす高校生活とは全く別のものです。毎朝早起きしての厩舎作業や、馬に騎乗しての実技訓練、学科の授業と、肉体的にも精神的にも決して簡単ではありません……」

校長の挨拶は長かった。

ふと見ると、隣で魁人が頭を前後に揺らしていた。肘で突いて起こすと、はっとして姿勢を正すのだが、暫くするとまたうつらうつらし始める。

「最後になりますが、本日ご臨席の皆様には、夢に向かっていく新入生に対しまして、温かいご指導ご鞭撻《べんたつ》を賜りますようお願いを申し上げまして、入学式にあたってのご挨拶とさせていただきます」

続いて、白井市市長の祝辞と続く。

「五名の新入生の皆様、ご入学誠におめでとうございます。皆様はたゆまぬ努力を重ね、全国から集った多くの受験者の中から見事難関を突破し、合格されました。皆様の努力を讃《たた》えますと共に、心よりお祝い申し上げます。そして地元の市長として、皆様を心から歓迎いたします」

今日は入学式の後で白井市役所へと行き、転入手続きをしがてら、取材を受ける予定になっていた。

「……結びとなりますが、新入生の輝かしい未来と、ご臨席の皆様のご健勝、そして日本中央競馬会競馬学校の益々《ますます》のご発展をお祈り申し上げまして、お祝いの言葉といたします」

その後、「入学許可」では、校長が入学者一人ひとりの名前を点呼していく。

そして、日本騎手クラブの代表、つまり大先輩の現役騎手から入学記念品を贈呈された。代表として出席しているのは、美浦所属のベテラン騎手・川崎文博《かわさきふみひろ》だ。記念品を渡される時、小声で「お父さんの名に恥じないように、がんばれよ」と言われ、かーっと顔が熱くなった。

式典終了後には、記者会見が行われる。

準備を待つ間、会場のそこかしこで和《なご》やかな空気が流れていた。ホームシックとは無縁のつもりでいたが、祐輝も久しぶりに家族に会い、何処かでほっとしていた。

そんな新入生一家を、メディアが遠巻きに眺めている。

注目の的は、やはり大坂一家だった。

尚人はマスコミには愛想良く振る舞い、来賓に話しかけられたり、他の同期生の家族からツーショット写真を求められたりしても、リーディング上位騎手らしい堂々としたふるまいをしていた。同様に、美山ルミの周囲にも華やかな空気が漂っていて、彼らの息子が入学するせいか、例年にくらべマスコミの数も多いらしい。

そんな中、突如、怒声が起こった。

「ぼやっとするな！」

皆の視線が壮一郎と、その近くにいる小柄な男性に集まる。

「言われる前にやるのが大事なんだ！」

恐らく、あれが壮一郎の父親なのだろう。小柄なものの、見るからに強面《こわもて》な男性が、息子に雷を落としていた。さすがの壮一郎も日頃の不遜《ふそん》な態度は影を潜め、小さくなっている。祝福の場をぶち壊しにするような振る舞いから、息子に「クソ親父」と呼ばれていたのも頷けた。

場がしんとなり、気まずい雰囲気が漂う中、壇上の準備が整い、記者会見へと移った。

壇上に横一列に並んだ騎手候補生達にマイクが渡され、マスコミの質問に一人ずつ答えてゆく。

記者会見で必ず聞かれるのが「騎手を目指そうと思った理由」だ。

魁人の答えは「父がダービーを勝つのを見て」だった。

「一旦、普通科高校に行ったんですが、その時に父がダービー騎手になって、やっぱりかっこいいなと思い、自分も騎手になりたいと思いました」

度々、GⅠで勝ちを重ねているイメージが強い尚人だが、ダービーだけはずっと勝てずにいたのを思い出す。

和馬は「父が競馬ファンで、競馬場に連れられていくうちに、自然と騎手になりたいと思った」と、壮一郎は「体が小さくてもプロになれるから」と答えた。

楓子の番になった。

「騎手の服装がかっこいいなと思いました。……スカートを穿かなくていいし……」

「あいつ、また変な事を言ってっし」と壮一郎が舌打ちした。

「えっと……。それは勝負服を着て馬に乗る姿に憧れて……という意味でしょうか？」

「まぁ、そうですね……」

「鮮やかな勝負服に真っ白なジョッキーパンツにブーツ。確かに、颯爽《さっそう》としてますよね。最後に、白鳥くんはいかがでしょうか？」

祐輝は「馬が好きだから」と答えた。

「白鳥くんはお父さんが、美浦トレーニング・センターに所属していた白鳥祐三さんです。小さい頃から、馬が身近にいたんですね。それでは、次の質問に移ります。皆さんはどんな騎手になりたいですか？」

魁人は「父のように、ダービーを勝てる騎手になりたいです」と答え、集まったメディアを喜ばせた。

他の生徒達も同じような回答をしているのに、反応が全く違う。改めて大坂尚人の息子にかけられる期待を感じた。

祐輝の番になった。

本来なら「父のような騎手になりたい」と言うべきなのだろう。だが、ここにいる人達は全員、父が大坂尚人に暴力を振るった事を知っているのだ。

気が付いたら、自分でも思っていなかった言葉を呟いていた。

「馬の気持ちが分かるようになりたいです」

質問への答えになっていないと気付いたが、特に突っ込まれる事なく次の質問へと移った。

(馬の気持ち……)

そんな事、今まで考えた事がなかった。

記者会見の後は、写真撮影が行われた。

マスコミからの注文に応じてポーズをとる。一番端に立つ楓子に、「女の子。真ん中に立って」と声がかかった。隅に立ったままの楓子に、教官が「さっさと動け」と注意する。

写真撮影が終わると、生徒達は昼食をとる為に寮の食堂へ、保護者達は入学式後の懇談会へと向かった。

その途中、尚人が知り合いらしき教官に何か言っていた。「息子を頼むぞ」という風に。尚人はすぐに、保護者達の列に戻った。一瞬、尚人と目が合い、祐輝は慌てて顔を逸《そ》らした。

四

お祝いの日だから、昼食は赤飯だった。

「壮ちゃんとこのパパ、めっちゃ厳しそうやね」

配膳しながら、魁人が言う。

「パパじゃねーし」

壮一郎は、いつにも増して機嫌が悪かった。

「あ、クソ親父」

「ちげーよ。鬼だ。鬼」

唾を飛ばしながら、父親を鬼呼ばわりする。

「……いい年して負けず嫌いで、俺が運動会の駆けっこで負けた時、家に帰ったら木のハンガーで殴られたんだぜ。木だぞ。木。虐待《ぎゃくたい》だろ？」

何かというと、殴られたり、蹴られたりしていたらしい。

「あいつ、いつか殺してやる。ずっとそう思ってっし」

「やっぱり！　実は壮ちゃんの第一印象って、『ハゲタカ』やってん」

「ふぁ？」

「知らない？　『皆殺しにしてやる。わらわに逆らう者は全て』が決めゼリフの。ハゲタカは元は高貴な生まれやのに、呪われた存在やから疎《うと》まれて、いうなればダークサイドに堕《お》ちた皇女やねん。萌えるわぁ」

また、漫画だか小説だかの登場人物の名を出す。

「お前、ここは大丈夫か？」

壮一郎が自分の頭を指差した。

「ひっどーい」

「それより松尾さんは何処へ行ったんでしょうか？」

昼食のテーブルに、楓子の姿がなかった。

「ほんまや。何処行ったんやろ？　壮ちゃん知ってる？」

「知るわけねーし。あんな男女《おとこおんな》。てか、あいつが来ないせいで、俺ら飯が食えねえんですけど」

食事は全員集合するまで手をつける事はできない。

「おいっ、一年生！　何で揃ってないんだ？」

「さっさと呼んでこいよ！」

上級生が怒鳴った時、楓子が食堂に姿を現した。私服に着替えていたから驚く。

「おい、このあと市役所に行って、そこで取材があるんだぞ？」

忘れているのかと思い、そう声をかけたが、無視された。そして、楓子は祐輝の隣にセットされた食事の盆を取り上げると、一人だけ離れた席に移動した。

「何だあれ？　感じわりー」

「楓ちゃん、どないしたん？　一緒に食べよやー」

魁人が自分の盆を持ち上げ、楓子の向かいに移動した。

「放っておけよ」

「お坊っちゃんは、男より女の方がいいらしいな」

だが、何やら不穏《ふおん》な雰囲気だった。

暫く小声で何か言い合っていたが、ふいにバシンと両手でテーブルを叩くようにして、楓子が立ち上がった。そして、食堂を出ていった。

「大変や！　楓ちゃん、退学するって言うてる！」

そう叫びながら、魁人が駆け寄ってくる。和馬と壮一郎が「えー！」と声を揃えた。上級生たちも「え？」という顔をしている。

「退学？　入学したばかりだぞ？」

「もう、荷物もまとめたって。入学式に来てたお母さんと一緒に帰るつもりやねんて！」

魁人が両足をバタつかせる。

「どないしよ？」

「お前が心配してどうすんの？　本人がやめたいっつーんだから、しょうがねーし」

「本人に話を聞きましょう」

　言うなり、和馬が立ち上がった。

「えー、面倒だし」と渋る壮一郎を引っ張って、四人で楓子の部屋に向かった。女子の居住ゾーンは男子が入れないように仕切られており、ロックされている。

「楓ちゃーん、開けて」

「松尾さん、いますか？」

　魁人と和馬が呼びかけると、楓子自身が内側からロックを解除し、顔だけ出した。

「何で、やめるん？　僕が楓ちゃんを『ボクっ娘』てゆうたん、怒ってるん？」

「『ボクっ娘』じゃない！」

「もう、ゆわへんからー」

　魁人は半泣きだ。

「だから、そうじゃない……」

　楓子の顔は真っ赤で、扉に添えられた手が震えている。

「耐えられないんだ」

　喉から押し出すような声だった。

「何かと言えば、女の子。女の子……」

さらに何か言おうとしたが、上手く言葉が出てこない。

「つまり、女の子だからと、特別扱いされるのが耐えられない。そういう事ですか？」

和馬が助け舟を出した。

「なーんや。それやったら、変なキャラ立てせんと、最初からそうゆうてやー」

「違う！」

気楽な調子で言う魁人を、楓子がぴしゃりと遮った。

「あーん、いちいち怖いねん。楓ちゃんは、もぉ……」

「だから、キャラを作る為とかじゃなくて……。ボクを女と見てもらいたくなかった。学校やメディアの人にも……」

最後は消え入りそうな声になっている。

「面接でも、ちゃんと伝えたはずなんだ。女子じゃなく、男子と思って接して欲しいって……」

「はぁ？　どう見たって女だろ？」

壮一郎が、嘲《あざけ》るように声を張り上げた。

確かに髪は短くしているし、私服でも男のような恰好をしているが、華奢《きゃしゃ》な体形の男ばかりが集まっている騎手課程生の中でも、楓子は群を抜いて線が細かった。

「いいよ。無理に理解してくれなくても……。どのみち、ボクは今日で退学するんだ」

「おいっ！　勝手に話を終わらせんなよ。訳分かんねーし！」

壮一郎に噛みつかれた楓子は大袈裟《おおげさ》な溜息をつくと、俯いたまま呟いた。

「ＦｔＭって、知ってる？」

祐輝には何の事か分からなかった。見ると、壮一郎も和馬も首を振っていた。

「分かるように説明してくれ」と祐輝が言ったその時、勢いよく声を上げた者がいた。

「僕、知ってる！」

魁人だ。

「そっか！　楓ちゃん、Female to Maleなんや！」

「フィメール・トゥ・メール？　何だ、そりゃ？」

和馬と壮一郎が顔を見合わせている。

「トランスジェンダーの中でも、女の体で生まれてきたけど、男として生きたいって思ってる人の事を、そう呼ぶねん」

魁人の説明に、誰も言葉を発しない。祐輝も思わぬ展開に理解が追い付かなかった。

「見た目は女の子ですが、中身は男子って事ですか？」

ようやく、和馬が口を開いた。

「つまり、女の皮を被った男。そういう事なのか？」

戸惑う祐輝を前に、魁人が「うわぁ、萌える。ほんまもんのＦｔＭや！」とはしゃいでいる。

壮一郎が、いきり立った。

「待て！ 待て！ 幾ら男みてぇにしたところで、お前、立ちションできねえだろ？」

俯いた楓子が歯を食いしばった。

「それに、『自分は男だから』とか言って、俺らが風呂に入ってっ時に、お前が裸で入ってきたらぎょっとすっし。いや、入ってくんなよな」

「そうですよ。男性と女性は体の構造が違うんです。それは差別じゃなくて区別なんです」

苛立たし気《げ》に、楓子は拳で壁を叩いた。「そうじゃないんだ……」と、押し殺した声を発しながら。

その時、誰かがドスドスと階段を駆け上がってきた。

「何を騒いでるんだ？」

「やばい、寮監だ！」

「お前ら！ ここは男子の立ち入りが禁止されてる場所だぞ！」

自衛隊出身というふれ込みの、白髪頭の老人が目を剝いた。

「あ、こいつが訳の分かんない事を言い出して」

壮一郎が楓子を指差すと、寮監が激怒した。

「馬鹿ものっ！　相手は女の子じゃないかっ！　男子たるもの女子を守るべし！　かーっっ！」

丸めた新聞紙で、壮一郎の頭を叩く。

「いてっ！」

「分かったか！」

「でも、こいつ、女扱いするなって言ってっし……」

「口答えをするな！」

「おい！　松尾。お前、ちゃんと説明しろよ！」

だが、その口を塞ぐように、寮監が怒鳴った。

「さっさと部屋に戻りなさい！」

去り際、寮監が「教官が呼んでいる」と楓子に言うのが聞こえた。

＊

「爆弾発言でしたね」

和馬が言うのを、ぼんやりと聞いていた。

寮監に追い立てられた後、魁人以外の三人は祐輝の部屋に集まった。

「ただでさえ女扱いされたくないのに、メディアがやたらと『女の子、女の子』と強調してたから、嫌気が差したんだろうな」

「でも、女性という事を利用しない手はないと思うんですよね」

祐輝の言葉に、和馬が反論した。

「もちろん、騎手に求められるのは技術や実力ですが、一方で人気商売みたいなところがあるじゃないですか」

「確かによぉ、芸能人みたいに騎手がバラエティに出てたりすっしな……」

「だから、実力が同じなら、注目されてる騎手を乗せたいと思うんです。今は減量特典だってあるんですから、女性というだけでアドバンテージがありますよ」

二〇一九年、新たに女性騎手に対するレース時の負担重量を減量する制度が導入された。

これまでも、新人騎手の騎乗機会を確保する為に、負担重量の減量制度が設けられていた。負担重量とは、馬が背負う騎手や鞍などの総重量の事で、当然、軽いほうが馬への負担は少ない。

旧制度では、デビュー五年未満の見習い騎手は男女問わず三キロ減からスタートし、その後は勝ち数に応じて二キロ、一キロの減量特典が与えられ、デビュー六年目以降、或《あ》いは一〇一勝を上げた時点で対象外となっていた。

それが、新しいルールでは、女性騎手は四キロ減からスタートし、一〇一勝した後も、永久的に二キロの減量特典が与えられる事になったのだ。

「ＪＲＡも女性騎手に長く現役を続けてもらいたいから、バックアップしてるんですよ。それだけ、女性騎手は期待されてます」

「ファンも、野郎より女のケツを見たいに決まってっし」

「けど、新人のうちは分かるとして、ずーっと二キロの減量があるのは、不公平な気がしないか？」

つい、そんな風に呟いていた。

「そうですね。一キロの違いが一馬身分に相当すると言われてますから、二キロだと二馬身分先からスタートできる。そんな感じですかね。だったら、鳴かず飛ばずの中堅騎手より、女性騎手を乗せようとなるでしょうね」

外国人や地方から移籍してきたベテラン騎手の台頭もあり、減量特典が無くなった途端に騎乗依頼がなくなり、引退に追い込まれる若い騎手も多い。

「ところで、学校は知ってるんでしょうか？　松尾さんの気持ちというか……」

「知ってて入学させたんだろ？　あー、もうっ！　勘弁してくれよぉ」

壮一郎が頭を抱えるような仕草をした。

「見た目が女なのに、男扱いしろって。そんな中途半端な形で、俺らに関わって欲しくねーし。どうせなら、男だけ入学させてくれよ」

「おいおい、無茶を言うなよ。競馬学校は男女の別なく入学できるんだ」

「ですよね……。ただ、須山くんの言う事も分かります。いきなり、男として見てくれって言われても……。あの勢いだと、部屋や風呂も男子と一緒にしろとか言い出しかねないですよ」

「意味分かんねーし。女は専用の風呂に入れるんだから、いいじゃんよ。俺達は上級生優先で、消灯三十分前にしか入れねーし」

競馬学校は想像以上に上下関係が厳しい。教官や上級生が優先され、一年生は何かにつけて後回しにされる。

セットしておいたアラームが鳴った。

「あ、やべ。時間だ」

午後からは市役所だ。

集合場所に行くと、教官に付き添われた楓子がいた。ちゃんと制服に着替えており、傍には母親もいた。

何故か、そこに魁人もいた。

「お前、何やってんの？」

「えー、何って、楓ちゃんを説得しててん」

「は？」
「せっかく入学したのに、いきなりやめる事ないやんって」
向こうでは、「本当に大丈夫なんでしょうか？」と母親が不安そうに教官に言っている。
例の横暴な父親の姿はない。
「二〇〇名近くいた受験者の中から選ばれたぐらいですから、お嬢さんには素質がありま
す。我々が責任を持って、きっちり指導いたします」
魁人に説得されたからか、それとも本人の気が変わったのかは分からないが、とりあえ
ず退学はしないらしい。
「そろそろ出かける時間ですから、保護者様はお引き取り頂いて結構です」
浮かない顔の楓子に、母親は「頑張ってね」とでも言うように、その腕を叩いた。
そして、午後から訪問した市役所に住民票を提出し、騎手課程生は全員、晴れて白井市
民となった。職員から書類の書き方を教わり、テーブルに向かって鉛筆を走らせている間
も、ずっとメディアのカメラが追いかけてきた。
ここでも記者会見があり、騎手を目指した理由を聞かれた。楓子はもう「スカートを穿
かなくていいから」という回答を封印したようで、「勝負服に憧れて」と答えていた。

＊

バシーン――。

壁を蹴る音が、厩舎内に派手に響く。

「今日もご機嫌斜めやん」

魁人が恐る恐るマロンの馬房に近づく。そして、突進してきた馬に噛みつかれそうになり、後ずさった。

「ひぃぃ、怖いぃっ！」

おどけるような仕草で逃げるから、上級生が注意した。

「馬を刺激するなよ。……大坂は馬をからかって面白がってるんだろう？」

「そんな事ないです」

魁人はしおらしく答える。

「こいつ、誰が担当しても反抗的なんだ。例の一年生、松尾とか言ったか？　あいつに担当させた方がいいんじゃないか？」

そこに、石川教官が割り込んだ。

「駄目よ。一年生は乗馬の担当と決まってます。マロンは、上級生に担当してもらいます」

毅然とした口調で言い放つ。

「現役の競走馬には、もっと扱いづらい馬もいます。この程度で怖がっていては勤まりません」

「でも、俺達、誰も馬房に入れないんっすよ」

「全く、もう……。困りましたね」

その時、向こうから誰かが駆けて来た。

楓子だった。

「ボク、やってみたいんですけど……もう一度……」

じっと楓子を見つめた後、石川教官は「分かったわ」と許可を出した。

楓子は上級生から無口を受け取ると、マロンの馬房に近づいた。そして、このあいだやっていたように、背中を向けながら馬房の扉を開き、中に入った。

バンッ！

激しい嘶きと共に、壁が蹴られる。弾けるように、楓子が転がり出てきた。その拍子に帽子が落ちた。

「おいおい、このあいだのは、まぐれだったのかよ」と、声が聞こえた。

落ちた帽子拾って渡してやると、楓子は無言のまま受け取った。

「大丈夫か？」

「ボクの事は放っておいて」

苛立たし気に、帽子を目深《まぶか》にかぶる。

「何だよー。せっかくゆっぴが心配してくれてんのに。可愛くない女だな」

壮一郎が楓子に噛みつく。

「女って言うの、やめろっ！」

「はい、はい。ボクは女じゃねーし……だろ？」

「馬鹿にしてんのかよ！」

「そこ！　揉めてないで。しょうがないな……」

石川教官が皆を集めた。

「みんな、見てて。いい事を教えてあげる。どうしても言う事を聞かない時は、こうやって餌《えさ》でつるのよ」

人参《にんじん》を差し出すと、マロンの表情が変わった。そして、自ら顔を近づけてきた。石川教官はマロンが人参を噛み砕く間に無口をつけ、瞬く間に馬を外に連れ出した。

「なーんや」と魁人が気の抜けた声を出した。

馬と会話できるのではなく、「言う事を聞けば、美味しいおやつをくれる人」と覚えこませるようだ。

「今日は特別に私が手伝いましたが、明日からは自分でちゃんとするように。分かった？　松尾」

「え、ボクが？」

楓子が自分の顔を指差した。

「特例として、マロンはあなたに担当してもらいます」

「はいっ！　ありがとうございます」

何処が良いのか分からないが、楓子はマロンに随分と肩入れしているようだ。一方、上級生達は「やれやれ」とばかりに、胸を撫でおろしていた。

「分かったら、さっさと動く。他の子達も自分の担当馬の馬房を掃除する！」

教官に促《うなが》され、各々担当馬の馬房に散っていく。

祐輝の担当馬、ピカメリーは既に馬房から顔を出していた。

「ピカ」

名前を呼ぶと、嬉しそうに首を伸ばしてきた。その首を押し戻しながら馬房の扉を開け、無口をつけて繋ぎ場に移動する。寝藁をひっくり返していると、盛んに前掻きしているのが見えた。やがて、尻尾を持ち上げて糞をした。

箒《ほうき》とちりとりで馬糞を拾い、ピカメリーを馬房に戻す。馬房に入れた後も、ピカメリーは「遊んで」とばかりに後ろから上着の裾を引っ張ってきた。

作業を終え、清掃用具を片付けていると、楓子が教官の前で、気をつけの姿勢で立っていた。

「また、明日な」

「分かる？　どうして、松尾にあの馬を宛がったか……」

そう言ってるのが聞こえてきた。

脇を通り過ぎる時に目をやると、帽子のつばに隠れた顔から、一筋の涙が顎を伝っていた。

「楓ちゃん、怒られてる？」

「けっ、いい気味」

「いいから、行くぞ」

魁人と壮一郎を促し、寮に戻る。

「あー、お腹すいたぁ」

「今日のメニューは……。水餃子《すいぎょうざ》！　俺、お代わりすっし」

競馬学校の食事は自宅にいた時より量が多いが、それだけのカロリーを消費する運動をしているから、思ったより体重は増えていない。特に厩舎作業がきつく、終わると汗びっしょりになっている。

「僕は、ご飯を軽めにします」

一七〇センチと背が高い和馬は、他の誰よりも体重に気を配っている。

「昼に赤飯を食べたのに腹ペコや。あ、ラー油かけよっと。ゆっぴは？」

「俺は辛子《からし》でいい」

「俺、ラー油。餃子はやっぱラー油っしょ？」

「そうか？」

壮一郎がラー油の入った小皿を差し出すから、こっそり箸の先に付けて味見してみた。

「ふうん。俺はさっぱりしてる方が好きだな。辛子も試してみろよ」

辛子をといた醤油の小皿に、魁人と壮一郎が順に箸を浸《ひた》す。

「うわ、僕、これあかん。鼻がツーンとする」

「美味けりゃ、どっちだっていいんだよ」

「てゆーか、楓《ふう》はまだか？　あいつが遅いせいで、また俺達が怒られっし」

その時、楓子が食堂に入ってきた。

「遅いぞ！　協調性ない奴」

楓子は、むすっとしたまま座った。

「おい」

壮一郎がドスのきいた声を出した。

「何か言う事はないのか？　遅れといて」

「す・み・ま・せ・ん」

「態度わりーな。だいたい、気持ちわりーんだよ。女扱いするなとか言うけど、実際、女だし。女としか見られねーよ」

楓子は顔を赤らめ、唇を噛みしめる。

「壮ちゃん！」

「お坊ちゃんは、こいつの味方か？　他の奴らも」

誰も返事をしない。

壮一郎は「けっ」と吐き捨てるように言うと、椅子を蹴って立ち上がった。そして、そのまま食堂を出ていこうとした。

「何処へ行くんだ？」

「便所です！　糞《くそ》してきます！」

呼び止めた教官に、壮一郎は怒鳴るように言った。

「しょうがないな、今年の一年は。須山抜きで食事を始めよう」

皆で手を合わせ、「いただきます」と言ってから食事を始める。

一年生のテーブルでは気まずい雰囲気の中、咀嚼《そしゃく》する音だけが響く。

楓子は箸を取らないままでいる。しんと静まり返り、お通夜《つや》のような雰囲気だ。

「なぁ、何で楓ちゃんが、あの馬を担当する事になったん？」

気まずい雰囲気の中、魁人が楓子に話しかけた。

「どうでもいいだろ」

「え、気になるやん。ほんまは上級生が担当する馬を、入学したばっかりの楓ちゃんに任せるって」

暫く無言で皿を見つめていた楓子だったが、「なぁ、教えてや」としつこい魁人に観念したように口を開いた。

「馬から学べって」

「どういう事？」

楓子が溜息をつくと、訥々《とつとつ》と話を始めた。

「ボクは、あの馬と一緒だって。近づいてくる人間は全て敵とみなして拒否してる……。そんなんじゃ、どこに行ったって同じ。誰にも分かってもらえない……」

だから、マロンの世話を通じて自分と向き合え。石川教官から、そう言われたらしい。

「あと、今みたいな態度を続けるんだったら、さっさと退学しろって……。他の教官は止めても、自分は止めないから……。そう言われた」

可愛らしい見た目とは裏腹に、石川教官はきっぱりと物を言う性格らしい。あまりの事に、誰も口をきけなかった。

「ゆっぴ、何か喋ってや」

沈黙に耐えきれなかったのか、魁人に肘《ひじ》で突かれる。

「俺は……いまいち分かってないから。大坂こそ……。やたらと詳しかったじゃないか。その、ＦｔＭとかに……」

「うん。ＳＮＳで知り合った子に、そういう子がおった。あ、ネットでやり取りしてただけで……本物を見るのは初めてやけど……」

俯いた楓子の顎が震えている。

「気ぃ悪くしたらごめんやで。僕は……世の中には色んな人がおるし、自分の傍にそういう子がおってもええと思うねん。麻生くんはどう？」

「そうですね。今まで、そういう人が、僕の身近にいなかっただけなのかもしれません。でも……気持ち悪いとは思っていません。びっくりはしていますが。須山くんも戸惑っているだけだと思います。白鳥くんも、そうですよね？」

和馬は助けを求めるように、こちらに話を振ってくる。

「身近にいなかったって言うけど、中には隠してる奴がいたかもしれないぜ。俺の中学にも、ジャージで登校してきてる女子がいたし」

幾ら担任に注意されても聞かず、教師に反抗しているのだと考えていたが、もしかしたら彼女も楓子と同じだったのかもしれない。

祐輝の言葉に、楓子が反応した。

「ボクも同じだった。中学に上がってから、制服のスカートを穿くのがどうしても嫌で……。そのせいで上級生に目をつけられたり、先生からも標的にされて……。中学校にはいい思い出なんか一つもなくて、嫌な事ばっかりだった。でも、ホースセラピーで出会った馬達は違った。ありのままのボクを受け入れてくれた」

楓子は静かに箸を手に取る。

「競馬学校を目指した動機も、みんなみたいにお父さんが騎手だったとか、競馬ファンだったとかじゃなく、もっと複雑で、とても一言じゃ言えない……」

そして、もそもそとご飯を口に運んだ。

「とりあえず、俺達も食おうぜ」

「うん」

再び食べ物を咀嚼する音だけが、テーブルの上で響く。やがて、そこにすすり泣く声が混じった。楓子は涙を流しながら、食べ物を口に押し込んでいる。

「ど、どないしたん？　楓ちゃん」

「……」

「おい、食うか泣くか、どっちか一つにしろよ」

鼻水を垂らしながら白米をかきこんでいるから、見兼ねて注意する。

「ていうか、お前、めちゃくちゃ不細工な顔になってるぞ」

途端に、楓子がむせた。喉に食べ物を詰まらせたようだ。

「ゆっぴ、不細工やって、それはさすがに……」

楓子はゲホゲホと咳《せ》き込みながら、白米を吐き出した。

「え、ちょ、大丈夫？」

隣に座った魁人が、楓子の背中を叩く。見ると、笑いたいのを必死でこらえていた。その表情を見た途端、祐輝も「ぷっ」と噴き出した。

「ゆっぴ、笑ったらあかん！」

そう言いながら、魁人がゲラゲラと笑い出した。

「あかん。我慢でけへん。楓ちゃんの顔、面白過ぎて……」

「ちょっと、松尾さんに失礼ですよ」

そう言う和馬も顔が笑っている。その間、楓子が何か言おうとするが、すぐに咳き込んでしまった。

「ゆっぴ……、天然で酷い事言う……。わ、わ、わ」

笑い過ぎて体を反らした拍子に、魁人が椅子から落ちた。もう我慢ができなかった。

「バカじゃねーの」と言いながら、祐輝もお腹を抱えて笑った。

「あら、楽しそうね？」

管理栄養士がニコニコ笑いながら厨房から顔を覗かせた。

「今年の新入生は仲が良いのね。とてもいい事よ」

決してそうではないのだが――。

恐る恐る楓子を見たが、咳き込んでいてそれどころではなさそうだった。今度は和馬が背中を叩いてやっている。笑いたいのを必死でこらえていて、その顔がおかしいと、また魁人が笑い転げる。

「お前ら！　何を笑ってんだよ！」

長いトイレから戻ってきた壮一郎を前に、和馬が魁人と祐輝に目配せをした。

「何でもないですよ」

「ふぁ？　どーせ俺の事を笑ってたんだろ！」

「内緒です」

「はぁ？　お前らずるいぞ！　自分達ばっか楽しんで！」

再び笑い声が起こったところで、怒鳴り声が響いた。

「こらぁ！　また、お前達かぁ！」

顔を真っ赤にした寮監が食堂の扉を開けていた。

「いえいえ。喧嘩じゃありませんから」

管理栄養士が明るく言って、寮監を取りなす。

教官や上級生からは呆れたような冷たい視線を送られ、長い一日が、もうすぐ終わろうとしていた。

第三話　体が大きかったら、こんなとこ来なかったし

一

「マ・ロ・ン」

楓子が馬房の中で馬に声をかけるのが聞こえる。

移動中だった祐輝は足を止めて、そっと様子を窺《うかが》った。

「おはよう。マロン」

三月に入寮し、そこから一ケ月と少しが経った今、楓子の声が変化したのに気付いた。

男っぽさを出そうとしてか、馬に対しても作ったように荒っぽく喋っていたのが、いつしか自然な口調になっていた。馬に呼びかける声も優しい。

「おやつだよ。他の子には内緒……」

馬が寝藁を踏む音がして、ボリボリと人参を齧るのが聞こえた。そこに重ねるように金属音が響く。馬が人参に気を取られている間に無口をつけているのだ。昨日までは、ここでひと悶着《もんちゃく》あり、石川教官に助太刀《すけだち》してもらっていた。それが、今日は静かだ。

マロンはようやく、楓子を「美味しいものをくれる人」と認めたらしい。やがて、規則的な足音が聞こえて、楓子がマロンを曳いて出てきた。

初めて一人でマロンを外に出す事に成功したからだろう。楓子の頬がピンク色に染まり、嬉しくてしょうがないのか、ニヤニヤと笑っている。

無事に馬を繋ぎ終えたところで、「やったな」と小声で言うと、楓子は慌てて緩んでいた顔を引き締めた。

「こっち、見んな」と睨まれる。

相変わらず人に対してはアタリがきつい。

――男同士だと思えば、こんなもんか。

女だと思うから「可愛げがない」と感じるのだ。祐輝は肩を竦《すく》めると、自分の担当馬・ピカメリーの元に急いだ。

「ごめん。待たせて」

蹄を見ようとピカメリーの脚元に屈むと、俯いた祐輝の後頭部に鼻をくっつけてきた。

そのままにしておくと、しまいにキャップを口に咥えて頭から引きはがした。

「こら、返せよ」

だが、馬はキャップを咥えたまま、頚《くび》を上下に振って遊び始めた。

「ゆっぴ、楽しそうだな」

通りかかった壮一郎にからかわれる。両手に持った寝藁かぎには、大量の汚れた寝藁が挟まれていた。最初はこぼしてばかりで上手く寝藁を集められなかったのが、嘘のようだ。

「須山こそ、嚙まれたとこ治ったのか?」

「嚙まれてねーし」

そうだった。

馬が嚙みつこうとしたのを、抜群の運動神経でかわしたのだった。

「嚙まれてたのは、松尾だし。どん臭っせえ」と言いながら、壮一郎が変顔をしてみせる。

「やめろよ!」

噴き出した途端、祐輝は急激な尿意を覚えた。

「俺、ションベン行ってくる」と壮一郎に言ったのと同時に、背後でバシャバシャっと水音がした。

振り返ると、ピカメリーが大量の尿を排出していた。

「ゆっぴ、馬とシンクロしてっし」

壮一郎が笑った。

＊

公正寮の正面に植えられた桜の若葉が、しっとりと濡《ぬ》れていた。

昨夜から雨が降り始め、今朝もしとしとと降り続いていたが、覆馬場で乗馬の訓練を受けている間に止んだようだ。

五月の風は爽やかだ。

存分に風を感じ、太陽の光を浴びようと空に向かって両腕を広げていたら、後ろで声がした。

「乗馬、たりぃー。早くコースを走りてぇー」

壮一郎が、手にした鞭を振り回していた。

ベスト型のプロテクターの背中に、砂が付着している。騎乗した馬が躓《つまず》き、前のめりになった拍子に振り落とされたのだ。上手く受け身をとったおかげで、何処も怪我《けが》をしていない。

「怒られてばっかだし！」

鞭でぱしんと桜の枝を叩く。水滴が飛び散り、魁人の顔にかかった。

「麻生くんと同じようにしたら、ええやん。僕、麻生くんの真似してから、褒められるようになったで」

頬を拭いながら、魁人が言う。

「あぁっ？　節操のない奴だなっ！　プライドっていうもんがねーの？　お前には」

入学後、乗馬は三つのグループに分けられた。A、B、Cの順に上手、普通、初心者となる。

Cは魁人と壮一郎、Bは祐輝と楓子で、Aは和馬一人だった。

事実、順位付けされるテストで、和馬はいつもダントツで一番だった。二番は楓子で、その次を残りの三人で争っている有様だ。それも、最近は魁人が三番になる回数が多くなった気がする。

何とか三番を死守し、あわよくば二番を狙っていただけに、祐輝は焦った。

話には聞いていたが、競馬学校の訓練は予想以上の厳しさだった。親が騎手であろうと関係ない。現に祐輝は教官から駄目出しされてばかりだ。言われた通りにできない時は、指導教官が横につき、何度もやり直しをさせられる。

食堂に入ると、一足先に戻っていた当番の和馬と楓子が、昼食の配膳をしていた。今日は鶏肉と野菜がごろごろ入ったクリームシチューとサラダだった。

「あれ、和馬。ご飯、それっぽっち？」

一旦は茶碗に入れたご飯を、炊飯器に戻していた。

「今日は午後からフィジカル・トレーニングだ。それだと、体が持たないんじゃないか？」

「体重が増えてるんです。このあいだの授業参観の後、教官と保護者の面談がありましたよね？　そこで注意されてしまって……」

和馬の父は熱心な競馬ファンで、息子達を騎手課程に合格させようと、入念に準備をしていた。だから、教官から褒めてもらえると考えていたらしく、思わぬ指摘にショックを受けたという。

「父には随分と叱られました」

祐輝より頭一つ高い長身が、しょんぼりとして見えた。

「ふうん……。けど、体重管理で注意されたのって、麻生だけじゃないと思うけどな」

小森教官からは事前に、「毎年一年生の春には、休日の外出でお菓子を食べ過ぎて、体重超過でペナルティを受ける生徒が出ている」と聞かされていた。ついでに「祐輝も注意しろよな」と言われた。

「まだ競馬学校の生活に慣れてないだけだって……」

「いいじゃねーかよ。実技では褒められてばっかだし。あー、ムカつく！　乗馬の教官、何で和馬だけ褒めるんだよっ！」

吠える壮一郎を、和馬がやんわりと受け流す。

「前にも言いましたけど、小学校五年生から馬に乗ってるんですよ、僕は……。父に『JRAの騎手課程は倍率が三十倍という狭き門だし、入ってからの訓練も厳しいから、あらかじめ準備しておかないといけない』と言われて……」

「へぇ、そうなんや。凄いね」

他人事のように、魁人が言う。

「カイト、お前、本当に騎手の息子か？」

呆れたように壮一郎が言うのに、和馬が首を振った。

「いえいえ、大坂くんや白鳥くんみたいに競馬サークルにいたら、そんなとこに通う必要ないですよね」

「尚ちゃんは『競馬学校を受験するまで、馬に触った事なかった』って言うてたから、そんなもんやと思って」

「父も感心してました。大坂騎手は入学前に乗馬経験がなかったのに、トップジョッキーになった凄い人だって」

「そうなん？　せやけど、僕も入学前にちゃんと乗馬やっといたら良かったなぁって、今になったら思う。やっぱり経験者との差を感じるし。尚ちゃんは自分がそうやったから、競馬学校できっちり教えてもろたら、三年で追い付けるとか言うてたけど。……尚ちゃんの時代とは競馬界の事情も変わってるし、レベルも違うやろ？」

和馬がこちらを振り返った。

「白鳥くんのお父さんは、どうだったんですか？」

「うちは爺さんも騎手で、親父も子供の頃から馬の世話を手伝わされてたらしいから、さすがに馬に触った事がないという事はなかったと思う」

「確か、白鳥くんはトレセンで乗馬を習ってたんですよね？」

「一応はな。しかし、モンキー乗りとかは習ってなかったし、走路での訓練が始まったら皆、横一線だよ。そもそも馬が違うだろ？　競走馬はゴーとストップしか教えられてない猛獣だ」

今、騎乗しているのは大人しい乗馬用の馬ばかりだが、走路に入れば元競走馬に乗る事になる。

「は？　猛獣。ゆっぴは大袈裟だし」

壮一郎の言葉に、楓子が反応した。

「これを見ろ。あれは猛獣だ！」

楓子は袖をまくり、馬に噛まれた二の腕を見せた。内出血の痕が紫色に広がり、傷口には黒いカサブタができている。

「おいっ！　食ってる時に、汚いもん見せるな！」

壮一郎の口から、米粒が飛ぶ。

「だいたいよぉ、噛まれるのは、お前が余計な事すっからだろうが？」

「ブラッシングしてる時、いきなり振り向かれて、ガブリだ。それの何処が余計な事なんだ？」

「そこ、うるせえんだよ」

上級生に睨まれ、二人は黙って食事を再開した。

馬がいつ噛んでくるかは予測がつかない。

耳を伏せ、目をつり上げて威嚇してくる場合は、近づけば噛まれるのが分かっているから、こちらも馬が落ち着くのを待つなど、それなりに警戒する。だが、馬によっては威嚇なしで噛んでくる事もあるから、洗い場で繋がれていたり、馬房から首を出したりしている時には、十分に距離を取るようにと習う。

そして、大人しくブラッシングされている時に、いきなり腕や肩を噛んでくる事もあるが、これは馬なりのコミュニケーションでもある。

牧場などでは、馬が二頭一組になってお互いの首や背中を鼻先で触ったり、軽く噛んだりする行為が見られる。これは「グルーミング」という行為で、自分の口が届かない場所を毛づくろいし合い、信頼関係を伝えるコミュニケーションだ。

つまり、ブラッシング中に噛んでくるのは、馬が人間を信頼している証拠でもある。その時、唇で挟むだけの馬もいれば、しっかり噛んでくる馬もいて、それが結構、痛かったりする。とは言え、「馬が御礼を言ってるのだから、怒ってはいけない」と言われれば、痛くても我慢するしかない。

暫く、黙々と食べていたが、壮一郎がぽつりと呟いた。

「あーあ。俺も和馬みたいに、どっかで乗馬を習っとけば良かった。うちはビンボーだから、乗馬みてーな金がかかる事は、やらしてもらえなかったんだよ！　競馬学校も、入学したら食費を負担するだけで、学費はいらねーって聞いて、受験してもいいってなったんだし。いいよな、和馬は」

「確かに恵まれてましたし、父には感謝してますが……。実はプレッシャーもあるんです。スクールのサイトには、競馬学校の合格者として僕の写真と名前がデカデカと掲載されてるんです。僕が合格した事で、入学希望者も増えてるんだとかで、だから頑張らないとカッコ悪いというか、後輩に示しがつかないというか……」

「取り越し苦労だっつーの」

「ですよね。ただ……」

含みのある言い方に、「ただ？」と聞き返していた。

「いや、別に何でもないです」

和馬は黙り込み、それ以上、話を広げなかった。

「祐輝」

食事を終えて食堂を出る時、教官に呼び止められた。小森東彦だ。

「お兄ちゃ……。あ……」

思わず口を押さえていた。小森も苦笑する。

「他の生徒の手前、さすがにお兄ちゃんはまずいな。白鳥」

小森は祐三の弟弟子でもあり、独身時代は白鳥家によく出入りしていたから、祐輝の中では「お兄ちゃん」だった。

「申し訳ありません。小森教官」

「変な感じだよ。兄弟子の名を呼び捨てにするのは……。それより、いきなりホームシックか？　顔色が悪いぜ」

「そ、そうですか？」

思わず、自分の顔を触っていた。

「外を歩こうか」

促され、寮を出る。

騎手課程生が入る公正寮の前には、卒業生が植えた記念樹が葉を茂らせ、その年の卒業生の名前が書かれた札が、足元に立てられている。

「不思議なもんで、活躍してる卒業生が多い年の記念樹は元気なんだ。祐さんの年は当たりだったみたいだ」

見上げるほどの高さにまで育った樹の足元には、今も活躍する騎手と共に、父の名が記されていた。

「小森教官。質問していいですか？」

「何だ？」

「親父が生きてたら、まだ乗ってたと思いますか？」

それまでにこやかだった小森の表情が、真剣なものに変わる。

「あんな大怪我をした後なんです。本当に復帰できたと思いますか？」

「乗っていたはずだ。祐さんは『俺は六十まで続ける』と仰《おっしゃ》っていた」

迷いのない、きっぱりとした口調だった。

「岡部幸雄《おかべゆきお》は五十六歳で引退したが、同じ美浦の騎手である柴田善臣《しばたよしとみ》は、五十七歳となった今も現役を続行しているし、栗東所属の武豊《たけゆたか》も五十四歳でGⅠを勝つという離れ業《はなれわざ》をやってのけた。また、地方競馬では「鉄人」と呼ばれる的場文男《まとばふみお》騎手が、六十七歳で頑張っている。祐さんなら、やってのけたはずだ。それより……」

小森は声を潜めた。

「大丈夫か？　このままノンビリしてたら留年だぞ」

冷たい手で撫でられたように、背中がひやりとした。

今日は馬の機嫌が悪く、そのせいで上手く障害を飛ばす事ができず、教官に叱り飛ばされた。言い訳をすれば「馬のせいにするな！」と余計に叱られる。

「俺、本当に騎手に向いてるんでしょうか？」

「向いてるも何も、素質があると思われたから合格したんじゃないか。しっかりしてよ」

小森は呆れたような声を出す。

「ここに入学したい生徒は大勢いて、そのほとんどが不合格になっているんだ。選ばれた意味をよく考えてみなよ」

「自分が合格する事で、涙を呑《の》んだ受験生達もいた」とまで言われ、居たたまれなくなった。だが、実はとんだ見込み違いで、本当は自分よりもっと相応《ふさわ》しい者が不合格者の中にいたのではないかと勘繰ってしまう。

「この間の授業参観でも、雅美さんが心配してたぜ。『祐輝は大丈夫なの？』って……。あ、猪本《いのもと》教官」

向こうから歩いてくる白髪の男性を目にすると、小森は直立不動の姿勢を取った。

「教官はやめてくれ。もう、退官したんだから」

元教官・猪本幸三《こうぞう》だった。

定年で退官したと聞いていたが、受験生への説明会の時には、走路コースを走る生徒達を指導している様子を見る事ができた。その場にいた全員が震えあがるほど、その怒声は迫力があった。小森によると、別名は「鬼軍曹」だという。

だから、入学後に姿がないのを確認した時は、ほっとした。とは言え、近所に住んでいることもあり、ちょくちょく学校に現れては、校内の様子に目を光らせている。

「どうだ？　尚人と祐三の息子達は」

「あ、ちょうど今、ここに……」

「おぉ、祐三の息子か。そっくりだから、すぐに分かった」

そう言って、目尻に皺を寄せた。

「何だ。二人とも、深刻な顔をして」

猪本は小森に視線を向ける。

「それが……」

言葉を濁《にご》す小森。

「騎手に向いてないんだったら、早めに言ってやるのが本人の為かと……考えてるところです」

ドクンと心臓が跳ね、頬が熱くなるのを感じた。

だが、意外な事に「鬼軍曹」は微笑みながら祐輝を見ている。

「小森、焦っちゃいけないよ。まだ入学したばかりじゃないか。今は頼りなく見えるかもしれんが、三年生になる頃には、驚くぐらい上達するんだ。もっとも、小森にとっては兄弟子の忘れ形見だから、気になるのは分かるが……」

諭すような声だった。

「はぁ……」

「小森は、教官になって二年目だったな」

かしこまるように、小森が気を付けの姿勢を取った。

「この子達と一緒に成長するつもりで、頑張りなさいよ。白鳥もな」

最後に祐輝を励ますと、猪本は小森を伴って、その場を立ち去った。

＊

「騎手は疾走する馬の上で、自分の身体をコントロールしなければならない。その為には体幹の強さが求められる」

トレーナーの言葉を、騎手課程一年生五人は横一列に並んで聞いていた。フィジカル・トレーニングの授業を受けるのは、今日が初めてだった。

「色々なメニューを用意しているが、言葉で説明するより、見てもらった方が早いな」

一年生が説明を聞いている間に、二年生が準備を始めていた。手前にロイター板という踏切板が置かれ、マットレスほどの厚みがあるマットが二枚運ばれてきた。

「順に手本を見せてやってくれ」

二年生は女子一人を含めて、合計で七人いる。

「はい！」

まず男子生徒が名乗った。そして、「行きます！」と叫んでから駆け出す。両手を上げると同時にロイター板に飛び乗ってホップし、勢い良くマットの方に飛び上がると、前に一回転し、つんのめりながらも着地を決めた。窓から差し込む光が、舞い上がった埃を煌《きら》めかせている。

「踏み切った後の蹴りで前に突っ込むと、高さが出ない。前じゃなく、しっかり上に仕掛けるんだ」

「はい！」

トレーナーは注意点を挙げると、すかさず「次！」と号令をかけた。

二番目の生徒は、着地で尻もちをついた。

「今のは身体が反っていた。しっかり身体を丸めれば、上手く回転できる。もう一度、やってみろ」

今度は着地と同時に体勢が崩れる。

「さっきとは逆に、身体を丸めたままになっていた。上手く着地するには、回転して上半身が前を向いた時点で、手をほどくんだ。次！」

上級生達は注意を受けながらも全員、軽々と宙がえりを披露してゆく。

「次！」

「林千尋《はやしちひろ》！　お願いします！」

最後は女子生徒の千尋だった。父親が地方競馬の騎手で、昨年の新入生インタビューでは「女性騎手初のダービー騎手になりたい」と威勢が良かった。

「始めっ！」

号令と共に千尋は助走し、ロイター板に飛び乗った。反動を利用して空中高く飛び上がり、華麗に前転してみせると、最後にバランスを崩しつつも着地を決めた。

「千尋も、だいぶ上達したな。次はバク転だ。どんどん行くぞ！」

今度は助走をつけずに行うようで、トップバッターの上級生がロイター板に乗ると、号令と共に腰を落とし、腕を振り上げながら、ロイター板を蹴った。そして、頭を背中の方に反らすと、両手をマットの上につく。そこからブリッジの体勢で下半身を下ろし、両足同時に着地させる。

「最後、脚がバラついたが、まぁ、及第点だろう。次！」

上級生達は、こちらも次々と決めてゆく。

先ほど、空中前転で失敗し、やり直しをさせられていた生徒は、頭をマットに打ちそうになりながらも、何とか成功させた。

「怖がるな！　中途半端が一番、危ないんだ」

もう一度飛ばせて、今度はトレーナーが補助をし、正確な身体の動かし方を指導した。

「二年生は、もう五十回以上の授業を受けている。もちろん、最初からできた訳じゃない。まずは前回りから始めて、一年でここまでできるようになったんだ。君達も一年後には、このぐらいの事は当たり前のようにできるようになっているはずだ」

トレーナーは一年生を見回した。

「とは言え、君達は難関を突破してここにいるんだ。この中に、アクロバットが得意な生徒はいるか？」

「はい！」

勢いよく手を上げたのは壮一郎だった。

「一年生、須山壮一郎。お願いしますっ！」

壮一郎は元気良く名乗った後、腕まくりをした。

「それじゃあ、バク転をやってもらおうか」

ロイター板の上に立つと、壮一郎は腕振りで弾みをつけて後ろ向きに飛び上がる。瞬時に身体が反らされ、マット上に手を付くと、ブリッジの体勢から逆立ちになり、そこから脚を下ろして着地した。

「すごーい！　壮ちゃん」

「素晴らしいです！」

魁人と和馬が拍手する。祐輝の目にも、ちゃんとできているように見えたが、トレーナーの指摘が入った。

「途中まではいいが、着地が駄目だ。手が外を向いてしまっている。それだと地面を押す時に、腕力だけで身体を支える事になるから、支えきれずに姿勢が崩れてしまう。結果、足の着地位置が遠くなってしまっている。おい……」

上級生の一人を呼ぶ。

「今、足をついた場所、覚えておけよ」と壮一郎に言い、上級生にバク転をさせた。綺麗なフォームで、壮一郎より前の位置で着地した。

「これが正しい着地位置だ」

もう一度、壮一郎がチャレンジしたが、意識し過ぎたせいか、今度は動きがバラバラになっていた。

「まだ一年の春だからな。来年の今頃に、できるようになってればいい。それじゃあ、松尾」

ぴくりと楓子が頰をひきつらせた。

「できるな？　やってみろ」

辺りがざわつく。

「何で楓ちゃんが？」と魁人が小声で囁いた。

「え、でも……」と楓子も逃げ腰になっている。

「いいから、やってみるんだ」

有無を言わさない調子で押され、楓子はロイター板の上に立った。しかしすぐには飛ばず、バネを確かめるように、その場でジャンプしている。

「さっさとしろよ」と壮一郎が舌打ちをする間も、楓子はロイター板の上で腕を振ったり、ジャンプしたりしながら入念にシミュレーションを行っていた。

やがて、皆が見守る中、楓子はぽんと弾むように板を蹴り、軽々とバク転を決めた。あまりに呆気《あっけ》なく飛んだから、場が一瞬、シンとなる。

「すげ！」

「体操選手みたいだ！」

一瞬の間の後、どよめく上級生達に、トレーナーは感心したように頷《うなず》いていた。

「さすがだな。上級生より上手いぞ。動きに余裕があるから、ちゃんと地面を見ながら手を着きに行ってる」

トレーナーは「よしよし」とご満悦《まんえつ》だ。

「松尾は五歳から体操を習ってるんだ。小学生の全国大会にも出場した。面接では『ブランクがあるから、以前のように動けないと思う』と謙遜していたが、ちゃんと身体が覚えている。もっと自信を持て。ついでだから前宙《ぜんちゅう》もやってみせてくれ」

楓子は、再び準備運動を始めた。ジャンプしながら膝を胸につける動作を繰り返した後、今度は助走する距離を測るように、ロイター板からスタートラインまで歩数を数え始めた。二度、踏切台まで試走し、距離を確かめた後で、楓子は勢い良く駆け出した。

バンッと、踏切台を蹴る音が高らかに響く。

「うおっ！」

「高っ！」

大袈裟でなく、二メートルは飛んだだろうか。そして、空中で膝を抱え込むと、滑らかに前転した。着地も腕を解いて、上手く決めた。両手を上げてポーズを取る余裕まであった。

「やるじゃないか。実は前宙は着地地点が見えないから、バク転やバク宙より難しいんだ。お、須山？　やってみるか？」

見ると、壮一郎が楓子と同じように、ジャンプの準備運動を始めていた。

「はい！」

壮一郎はスタートラインまで歩いていくと、そこからダッシュした。そして、ロイター板に飛び乗ると、身体を折りたたんで回転した。

「なかなか上手いじゃないか」

そうは言うが、楓子の動きを見た後では見劣《みおと》りがする。皆の反応から、壮一郎も察したのだろう。「もう一度、やらせてくれ」と頼んでいたが、そこで終了のチャイムが鳴った。

二

競馬学校では、年間を通して幾つものイベントがある。五月の恒例行事の一つがスポーツ大会だ。競技はサッカーで、馬場内にはその為のサッカー場まで作られている。チームは担当馬の所属厩舎ごとに分けられていて、騎手課程の生徒のほか、厩務員課程、さらに教官や職員も交えて、四チームの対抗戦で争う。

厳しい訓練に明け暮れている生活だから、皆が楽しみにしている行事だ。

中でも最も張り切っているのは壮一郎だった。

壮一郎は小学生の頃にサッカーをやっていて、足も速い。馬乗りでは叱られてばかりだったが、その鬱憤《うっぷん》を晴らすように、先輩を交えての練習でボールを相手から奪い返しては、次々と華麗にゴールを成功させていた。

当日の晴天を祈願して、てるてるボウズを幾つも吊り下げている上、何かと言えば皆を招集するようになった。今日も学科が終わり、厩舎作業へと向かう途中、壮一郎が皆を集めた。

「おい、知ってっか？　厩務員課程に凄《すげ》ぇのがいるんだ」

壮一郎によると、プロサッカークラブの下部組織に在籍していたほどの腕前だという。

「絶対に負けねえし！　今日は晩飯前に練習すっぞ」

「え、またぁ？」

魁人が嫌そうな顔をした。

このあいだの日曜日、壮一郎の音頭でサッカーの練習をした。祐輝も付き合ったが、魁人は何度もドリブルの練習をさせられていて、最後はうんざりした表情をしていた。

「カイト。お前はいつも夕方にゲームしてるじゃねーか。知ってっぞ。その時間にサッカーできるだろ？」

「えー。僕達、バラバラのチームなんやし、一緒に練習する意味ないやん」

「だーかーらー。同期のお前達が下手っぴだと、俺が恥ずかしいんだ」

何だかんだと理由を付けているが、要は皆でサッカーをしたいだけなのだ。

「もちろん、ゆっぴも来るよな？」

「あぁ」

そこまでサッカーが好きな訳ではないが、無心にボールを追いかけていると中学時代の部活を思い出し、ちょっとした気分転換になる。

「ゆっぴが行くんやったら、僕は参加せんでもええよね？」

「駄目だ、駄目だ。全員、参加だ。……あ、楓《ふう》。お前は来んな。サッカーのルールを覚えてから来い。あれじゃ、話になんねーし」

　このあいだの練習で楓子は、味方のゴールに向かってボールを蹴っていて、壮一郎から怒鳴られていた。

「試合ん時も邪魔になんねーよーに、隅っこにいろよな。よく分かってない奴にウロチョロされると、やりにくいし！」

「ひど……」

「じゃ、先に行ってっぞ」

　壮一郎は肩をいからせて、一人で歩き出した。

「須山は、ボクの事が嫌いなんだ」

　遠くなる壮一郎の背中を見ながら、楓子が呟いた。

「大丈夫、僕も壮ちゃんから嫌われてるから」と魁人が慰める。

「カイトの事なんて、みんな嫌いだろ？」

「楓ちゃん！」

　心外だとばかりに、魁人が目を大きく見開いた。

「何で、そういう事ゆうん！」

「だって……。親が有名騎手っていうだけでもムカつくのに、上達も早い」

　確かにムカつく。初心者らしいヘマをしていたのは最初のうちだけで、いつの間にか上達して、今では経験者の祐輝や楓子を脅《おびや》かしているのだから。

「僕、ちゃんと努力してるで！」

二人の会話を聞きながら、祐輝は落ち込んでいた。

今日も乗馬の教官に叱責された。その時、「少しは大坂を見習え」と言われたのだった。

この調子だと追い越されるのも時間の問題だ、とも。

そして、乗馬の教官から話を聞いているのだろう、走路の教官であるにもかかわらず、小森からも注意を受けた。その度に、「猪本教官はああ言ってたけど、安心しちゃ駄目だぞ」とプレッシャーをかけられるのだ。

「よっ、頑張ってる？　一年坊主」

騎手課程二年生の林千尋が、後ろから追い越しがてら声をかけてきた。

「あ、ちい先輩」

「ちーっす、頑張ってるっす」

姉御肌《あねごはだ》なのか、千尋は何かと新入生に声をかけてくれる。

「楓、ここの生活に慣れた？」

女同士という事もあってか、千尋は楓子を特に気にかけていた。もっとも、楓子は自分を「女」だと思っていないのだが。

「色々とお騒がせしましたが、頑張る事にしました」

千尋は「あはは」と笑い声を上げた。

「これまでもすぐにやめる子はいたけど、さすがに入学式のすぐ後でやめたいって言われたのは競馬学校始まって以来初めてだって、教官が呆れてた」

「……すみません」

かしこまる楓子を前に、千尋は豪快に笑う。

「聞いたよ。女だからって騒がれるのが嫌だ？　気にすんな。これだけ世の中が変わってるのに、メディアの人達の頭の中は、昭和のおじさんのまんま。それ以前に、男だから、女だから、日本人だから、外国人だからって分類して何かを語るのって、地球全体で考えたらアウトなんだ。海外じゃ、女性が当たり前に馬の仕事をしてる。それなのに、日本じゃ未《いま》だに騎手は危険な仕事で、女がやるもんじゃない、競馬サークルは男の世界だって考えてたり、逆に女の子を利用して客を呼び込もうとしたり……。そんなの、いちいち気にしても、しょうがない。だいたいさぁ、少子化でこれだけ人口が減ってるんだから、今に男だ、女だって言ってられなくなるよ。いずれ女性騎手が過半数を超えたら、今度は『男性騎手』って、わざわざ呼ぶようになんのかな？」

感じ入ったように頷く楓子に向かって、次の瞬間、千尋はぺろっと舌を出してみせた。

「ま、あたしは減量特典とか、女だって事をちゃっかり利用させてもらうけどね」

千尋は、「あっはっは」と笑いながら駆けだすと、ずっと先を歩いていた壮一郎に追い付き、その尻を蹴った。

「おい！　須山のチームには負けないからなっ！」

「わ、勘弁して下さいよぉ」

尻を擦《さす》りながら、壮一郎がこちらに逃げてきた。

「あのババぁ、蹴るのはボールだけにしろよな」

「壮ちゃん、声が大きい。ちぃ先輩に聞こえてるで」

向こうの方で、千尋が両手を上げて飛び上がった。

「おーい！　スポーツ大会、頑張ろうなっ！」

ジャンプしながら叫んだ後、千尋は厩舎に入っていった。

＊

スポーツ大会の日が近づいてきた。

自由時間、皆が集まるフロアで壮一郎が一心にノートに何か書き込んでいた。見るとオフェンスのフォーメーション図で、そこに矢印や細かい文字を書き込んでいる。

「授業の復習もせずに、何をやってるんですか……」

呆れたように言う和馬は、今日の乗馬訓練のビデオを再生していた。

「俺が考えた作戦、練習で試すんだよ！」

今、壮一郎の頭はサッカー一色なのだ。教官が見たら、「その熱心さを、訓練で発揮しろ」と言うだろう。

そして、スポーツ大会が終われば、次は五月の最終日曜日に東京競馬場でダービー見学という一大イベントが控えている。また、七月には皆が楽しみにしているサマーキャンプがあり、その後から、いよいよ走路を使った訓練が始まる。

一方で、日々の生活は淡々と続く。

今日も起床したら、いつもの如《ごと》く体重測定、朝食、厩舎作業の後で、馬装した馬に乗って訓練だ。

厩舎は長方形の建物が向かい合わせに「ロの字」型に並んでいて、建物で囲まれた空間に広場が設けられている。そこで騎手課程生と厩務員課程生が一緒にウォーミングアップをする。赤い帽子（ヘルメット）が騎手課程生、青い帽子が厩務員課程生だ。

日が高くなるにつれ、身につけた保護ベストが、暑く感じる季節になってきた。

常歩《なみあし》で広場を周回させた後、角馬場《かくばば》へと向かう。角馬場とは、走路コースの内側に作られた小さな馬場だ。周囲を柵で囲まれた一周が二〇〇メートルほどの砂馬場で、準備運動に使われる。ここにも覆馬場と同様に横長の鏡が置かれ、騎乗時の姿勢をチェックできるようになっていた。

乗馬の授業では、改めて基本を学び直して馬を自在にコントロールする技術を覚え、馬上で緊張せず自由に動けるような訓練を行う。

「大事なのは、馬の邪魔をしない事です」

今日も石川教官の指摘が飛び、常歩で歩かせている間にも、チェックを受けた。

常歩というのは、ゆっくりとした歩みの事だ。馬の四肢《しし》が一、二、三、四と順番に、四拍子で出る。馬上では、ゆっくりとした横揺れを感じ、その揺れに対して騎乗者がリズムを合わせてついてゆく。

常歩では、馬は前後に頸を振りながら歩くので、その動きを邪魔しないように、手綱は短くし過ぎず、腰の動きで馬に合図を送りながら歩かせる。

「姿勢は真っ直ぐ。須山、身体が前かがみになってる。大坂はできてる。いいよ」

馬上での姿勢だけでなく、手綱を持った拳の位置にまで注意が入る。

「馬のき甲《こう》の上あたり、鞍の前橋《ぜんきよう》の少し前に拳が来るように。力を入れすぎると、身体の動きに合わせて拳が動いてしまうから、もっとリラックスして」

馬場に入ると、運動を始める前に気をつけの姿勢で、馬の意識を高めてゆく。扶助《ふじょ》を伝える為だ。

まず、鐙《あぶみ》を上げて騎乗姿勢のバランスを訓練する。足は鐙から外し、垂らしておく。

「手綱に頼らないで、重心を合わせて、馬の邪魔をしない」

脚で腹部を圧迫すると、常歩から速歩《そくほ》へと歩様《ほよう》が変わった。速歩は対角線上の脚が同時に動き、スピードが上がり、テンポも速くなる。大きな上下の揺れを感じるから、この反動に上手く合わせて、一、二のリズムで馬の反動を抜いてやる。乗り手としては結構、腹筋を使う。

常歩の時とは違い、あまり頸が前後に動かないので、今度は手綱を短く持った。脚で腹部を圧迫するとスピードが上がり、テンポも速くなる。馬の背中が上下に動くのに合わせ、腰を上下させて運動を続ける。

「須山。速いよ」

須山の馬は、速歩のはずが、駈歩《かけあし》になっていた。

「馬が勝手に動くんです」と、壮一郎が答える。

「プレッシャーを与えすぎ。もう少し、脚での扶助を弱くしなさい」

「この間は『もっと強く』と言われました」

なおも、言い張る。

「扶助への反応は、馬によって個体差がある。そこは臨機応変に」

将来、騎手になれば癖の違う馬に乗る機会が増える。競走馬の能力を最大限に生かすには、それぞれの癖を理解し、騎手が合わせていく必要がある。そう石川教官は諭した。

「大坂は、リラックスできるようになりましたね」

このところ、魁人は急激に腕を上げている。やはり、父親と同様、生まれながらにして何らかの才能を持っているのだろう。

次は障害用馬場に移動して、障害物を飛ぶ訓練だった。

障害は経験がものを言う。数をこなしていないと恐怖心が勝つので、ここでも和馬が最も上手かった。

馬場にはクロスバーが用意された。

「クロスバーを使う目的は、馬に障害の真ん中を飛越《ひえつ》させる為です」

速歩で助走をつけ、スピードを緩めないまま障害を飛ばす。

馬によっては常歩で横木を通過するのさえ拒《こば》んだりするが、幸《さいわ》い祐輝が騎乗しているピカメリーは扱いやすい馬で、障害も難なく飛んだ。宙に浮いた瞬間は、ふわりとした爽快感がある。

「よし、偉いぞ」とタテガミを撫でると、嬉しそうにぶるるっと鼻を鳴らす。

「須山、ちゃんと真ん中を飛ばせなさい」

次に飛んだ壮一郎は、踏み切った後にヨレていた。

「このあいだも注意したよね。ちゃんと馬をコントロールして」

壮一郎の馬が祐輝を追い越していき、嫌がるように尻っ跳ねをした。それを見たピカメリーがいきなり横っ飛びをして、祐輝を振り落とした。

幸い、落ち方が良かったようで、すぐに立ち上がれた。何処かを痛めた様子もなく、ほっとしたのも束《つか》の間《ま》、「うわぁ」と騒がしい声が起こり、顔を上げた。

見ると、乗り手を失ったピカメリーが、障害物が置かれた馬場を猛スピードで走り回っていた。そして、次々と他の馬に体当たりし、魁人と楓子を落馬させていた。

「危ない！　どいて！」

石川教官が声を張り上げ、和馬と壮一郎に対して馬を柵の傍に寄せるように言った。別の教官がピカメリーの進路に立ちふさがって手綱を掴もうとしたが、人間の力では興奮している馬を押さえきれない。こうなってしまった以上、馬が落ち着くのを待つ以外ない。

「うわわっ！　こっち来んな！」

ピカメリーに近づかれた壮一郎が叫ぶ。

構わず、ピカメリーは壮一郎の馬に体当たりした。

人馬ともにバランスを崩し、壮一郎が前方に放り出される。ひやりとしたが、機敏な壮一郎は空中で前方に一回転し、綺麗に足から着地した。

一方、和馬は巧みに馬を操り、暴走するピカメリーから逃げ回っている。

やがてピカメリーも疲れてきたのか大人しくなり、最後は教官の手で捕らえられた。

馬場に元の静けさが戻った。

幸い、魁人も楓子も怪我はなかった。頭も打っておらず、意識もちゃんとしていた。だが、壮一郎の様子がおかしい。立ち上がったものの、びっこを引いている。

「大丈夫か？」

「いてーよ、馬鹿！　全然大丈夫じゃねえし」

毒づく壮一郎に近づき、足首に触れると、熱を持って腫《は》れていた。着地した拍子に、捻《ひね》ったらしい。

乗馬指導の中で、最も年嵩《としかさ》の男性教官がこちらに近づいてきた。

「馬鹿野郎！　何をやってるんだ！」

「……すみません」

立ち上がり、気をつけの姿勢で教官の前に立つ。殴られる覚悟を決め、ぎゅっと目を瞑《つむ》る。

「技術が未熟なのを、馬のせいにするな！」

だが、凄まじい勢いで雷を落とされたのは、祐輝ではなかった。そっと目を開くと、壮一郎が唇を尖《とが》らせ、俯いているのが見えた。

戸惑っていると、「白鳥」と呼ばれた。

「馬を厩舎に戻しなさい」

石川教官がピカメリーの手綱を持ったまま、祐輝を待っていたから、急いでそちらに行く。

「馬体を見て、異常があれば報告しなさい」

その場で回転させてみたところ、ピカメリーは何処も怪我をしていないようだったが、念の為、騎乗せずに厩舎まで曳いていく事にした。

ふいに、横腹にドンと衝撃を感じ、よろめきそうになる。そして、視界が上下に揺れ始めた。雲一つない空が見えたかと思えば、行く手を阻むクロスバーや砂が撒《ま》かれた地面、馬場の柵沿いに立つ馬の姿が見える。

くるくると回る視界に、車に酔ったような気分になった。気持ち悪さに耐えていると、石川教官の声がした。

「どうした？」

「あ、いえ。眩暈《めまい》がしただけです」

祐輝の顔を見ていた石川教官は、男性教官を呼んだ。

「やはり心配なので、白鳥を病院に連れていこうと思います」

そう言って、ピカメリーを男性教官に預けた。

＊

一日の最後を締めくくる夜飼い――馬にとっての夕食――をつけ終わると、競馬学校の

た。

長い一日が終わる。

祐輝は担当馬に飼い葉を与えた後、「心配な馬がいるので」と断り、最後まで残っていた。

照明を落とした厩舎には、馬が草を食《は》む音と、飼い葉桶を吊るした鎖がきしむ音、時折ぶるるっと鼻を鳴らす音だけが響いていた。

一列に並ぶ馬房の前を通り過ぎる時、暗闇の中で目だけが光るのが見えた。

馬は夜行性の動物ではない。だが、育成牧場では夜間に放牧する事もあり、夜でもよく見えていると言われている。夜行性の猫の目も、やはり暗闇の中では光るのだから、同じ理屈で暗視能力があるというのだ。

「ピカ」

呼びかけると、ピカメリーが顔を上げた。口から一本の草が垂れさがっている。

「いいよ。食べてて」

ピカメリーが顔を近づけてきて、祐輝の頰に額をこすり付けてきた。その頭を撫でながら、ゆっくりと話しかける。

「……悪かった、気付かなくて」

後で和馬が教えてくれた事だが、今日の訓練中に起こった事故は、壮一郎が自分の馬の腹を思い切り蹴ったのが原因らしい。恐らく、教官に注意された腹いせにだろう。

その結果、馬が目の前で尻っ跳ねをし、ピカメリーを驚かせたのだ。

（教官もしっかり見てました。だから、白鳥くんは何も悪くないんですよ）

「ピカ」

馬から距離をとって、真正面から顔を見る。

黒っぽい馬体は闇に沈み、額から鼻筋に真っ直ぐ流れる白い流星と、光るビー玉のような目が二つ、宙に浮かんで見えた。

「俺、どうしたらいいと思う？」

独り言を呟く祐輝をよそに、ピカメリーは飼い葉桶に顔を突っ込んだ。馬の柔らかい唇が飼い葉桶の底をこする音が、ざらざらと響く。

馬から落ちた後、競馬学校のスタッフに付き添われて病院に行き、検査をしてもらった。レントゲン検査の結果、特に異常はなかったが、医師の問診を受けるうちに気付いた。

眩暈を起こしながら見ていた光景は、ピカメリーが走りながら見ていた景色なのではないかと。

――だから、何なんだよ、一体……。

最後にピカメリーの鼻づらを撫で、馬房を離れる。異常がないかを点検した後、施錠して厩舎を出た。

見上げると、瘦《や》せた三日月が出ていた。墨色の空を薄く引っ掻いたような、そんな頼りない月を見ながら、祐輝は思案していた。

（騎手に向いてないんだったら、早めに言ってやるのが本人の為かと……）

小森の言葉を思い出した途端、じわりと涙が溢れた。

改めて「向いていない」と言われると、情けなさと同時に、腹の底から熱いものが込み上げてきた。

――俺はここで、何をやってるんだ？

美浦村での祐輝は有名騎手の長男で、トレセンの職員達は「祐三の息子」として可愛がってくれた。近所の住人も何かと目をかけてくれたし、中学校では教師や生徒達からも一目置かれていた。当時の祐輝はそれを当たり前に思い、さして有難《ありがた》みも感じなかった。何処かで、「自分はここで終わる人間じゃない」と思っていた。だが、今となっては無性にあの場所に戻りたい。

だが、それはできない。

（遥は今、学校でちょっとした『時の人』なのよ。祐輝が競馬学校に合格して、新聞に名前が出たでしょ？）

今、競馬学校を退学して美浦村に戻れば、雅美や遥を失望させてしまう。そして、周囲の人達も、逃げ帰った祐輝に以前のようには接してくれないだろう。

そんなどうしようもない堂々巡りをしながら、公正寮の玄関をくぐった。まだ消灯前だから、煌々《こうこう》とした明かりが建物から漏れている。

玄関脇のフロアには魁人と楓子がいて、手に持ったゲーム機で忙しく指を動かしていた。

「また、やってるのかよ」

最近、妙に二人の仲がいいと思ったら、「アイホス」でお互いが育成した馬同士を対戦させて楽しんでいるのだった。

「よっし！」

楓子がゲーム機を膝に置き、両手を上げた。対して、魁人はゲーム機を傍らに投げ出した。

「あかんわ。楓ちゃんの馬、強すぎるねん」

「カイトの馬が弱すぎ。はい」

差し出された手に、魁人が名残惜《なごりお》しそうな様子で個包装されたスナック菓子を載せた。

どうやら賭《か》けをやっているらしい。包みを破ると、醤油のいい匂いが祐輝の鼻をくすぐった。

「美味いな。今度の休みに買いに行こ」

「あー、これは関西限定商品やから、この辺には売ってへんと思うで」

「俺にもくれよ。代わりに、チョコチップクッキーやるから」

「えー、ゆっぴも食べたいん？」

この菓子は魁人の大好物で、入寮する時に持ち込み、大切に食べていたらしい。

「あーん、もう残り少ないのに……」

そう言いながらも、包みを祐輝の手に載せてくれた。祐輝も自分のロッカーから菓子を出してきて、クッキーの箱を魁人の前に置く。

「好きなだけ食っていいぞ。松尾も。俺からのおわび……。今日は悪かった」

もとはと言えば壮一郎が原因を作ったのだが、それでもピカメリーが放馬したのは自分のせいだ。

「別にええよ。ゆっぴも落ちてるんやし。それに、落馬なんか幾らでもあるやん」

「ボクも気にしてないぞ」

そう言いながらも、二人の手は次々とクッキーが入った箱に伸び、ボリボリと食べる。

「ちょっとは遠慮しろよ」と思った、その時――。

地響きのような音がした。

「何？」

「地震？」

きょろきょろと辺りを見回す。

「調子に乗んなよなっ！」

二階から壮一郎の声がした。

階段を駆け上がると、個室の前の廊下で取っ組み合い——いや、壮一郎が和馬に馬乗りになって顔を殴りつけていた。

慌てて三人で駆け寄り、二人を引き離す。

祐輝が壮一郎を羽交《はが》い締めにしたが、壮一郎はなおも脚で和馬を蹴ろうとした。

和馬は床に身体を横たえたまま、左目を押さえていた。

「おいおい、どうしたんだ？　喧嘩の原因は何だよ？」

暴れる壮一郎を押さえながら、和馬に聞く。和馬はゆっくりと起き上がると、片膝を立てて座った。

「今日の事を注意しただけですよ」

「いちいちうっせーんだよ。お前は教官かっつーの！」

「僕は間違った事は言ってません。騎手を目指すんだったら、馬を手荒に扱って欲しくないです」

「こいつ、黙れ！」

腕を振りほどこうともがきながら、壮一郎は和馬をののしる。

「いいえ。黙りません。腹立ちまぎれに馬を蹴る人に、馬の仕事は勤まらない」

いつも穏やかな和馬とは思えないぐらい、毅然とした口調だった。

「お前、まだ騎手になってねーだろ？　何で、そんな偉そうな事が言える？」

「当たり前の事を言ってるだけです」

「おいおい、麻生の言う通りだろ？　どう考えたって、須山が悪い……」

顎に衝撃が走った。後頭部で頭突きを入れられたのだ。目に光が飛び、腕から力が抜ける。

次の瞬間、壮一郎に胸倉を摑まれていた。

「おい……、ちょっと待てよ。落ち着けって……」

「うっせー！」

胸倉を摑まれたまま、壁際まで押された。祐輝より小柄なのに、物凄い力だ。抵抗する間もなく、壁に押し付けられる。

「ゆっぴ、お前にもムカついてたんだ。同じ事やっても、俺は怒鳴られるのに、お前は……」

「誤解だ。俺だって怒られてる。後で教官に呼び出されて、注意された事も……」

「それが贔屓だっつーの！　どうせ親の顔で、教官から特別に気にかけてもらってんだろーが？」

「何を騒いでおるかー！」

ドスドスっと足音高く、寮監が階段を駆け上がってきた。騒ぎを聞きつけたのか、教官達も一緒だ。

「何だ？　どうした」

「喧嘩はやめなさい！」

壮一郎の身体が引きはがされ、同時に祐輝も両脇から拘束される。

「いや、俺は、喧嘩を止めようとしただけで……」

目を押さえて座り込む和馬を見て、教官達もただ事ではないのに気付いた。

「見せてみろ」

和馬が顔から手をどけると、腫れた瞼《まぶた》が目を塞いでいた。まともに拳が入ったのだろう。

「誰がやったんだ？」

教官が祐輝と壮一郎を交互に見るが、誰も言葉を発しない。

「麻生。誰にやられたんだ！」

「……白鳥君は、悪くありません」

「須山。お前か？」

不貞腐《ふてくさ》れたように、壮一郎が手を上げた。

「……そうです。俺ですよ」

腕組みをし、教官は溜息をついた。

「またお前か……。これは見過ごせないな。処分が決まるまで、明日は部屋で待機していなさい」

何らかのペナルティが科されるのだろうが、反省文だけでは済まなさそうだ。

「あいつが、騎手の息子だからですか?」

壮一郎が横目で睨んでくる。その歪《ゆが》んだ唇から、溢れるように言葉が押し出された。

「ろくに事情も聞かず、俺だけ叱られるんすよね? もし、俺が騎手の息子だったら、どうだったんすか?」

「お前は何か、勘違いをしてないか?」

教官は静かに壮一郎を諭すと、和馬を医務室に連れてゆくよう寮監を促した。

＊

「よっ、喧嘩したんだってな」

体重測定の後、壮一郎と朝食の準備をしていると、二年生の千尋が話しかけてきた。

壮一郎はずっと不機嫌で、「俺に喋りかけるな」オーラを発していたから、千尋が来てくれてほっとした。

「で、スポーツ大会へは出場禁止? 笑えるー」

「……」

「何を怒ってるの? スポーツ大会は遊びじゃん。今回は、見学して楽しみなよ」

「遊びじゃないです」

むすっとしたまま壮一郎が返す。

「じゃ、何なの？」

「俺にとっては、真剣勝負です」

「バッカみたい。競馬学校内だけで開催されるレクリエーションじゃない。ここで勝ったからって、全国大会に行ける訳でもなし。勝ち負けを競うのではなく、気分転換の為のイベント。イ・ベ・ン・ト」

壮一郎の肩をばしばし叩くと、千尋は笑いながら立ち去った。

「はーい。メインができました。今日は鮭のムニエルでーす」

周囲で歓声が沸き起こった。

先輩達が我先にと、カウンターに並べられた皿をテーブルまで運んでいき、各自の盆に置いてゆく。

祐輝は手を止めずに、壮一郎に話しかけた。

「先輩の言う通りだと思う」

炊飯器でご飯をよそいながら、壮一郎は黙って聞いている。

「だいたい、その足だって、まだちゃんと治ってないんだろ？」

人が見ている所では普通に歩こうとしていたが、何処か痛むのか、時折、庇《かば》うような仕草を見せていた。

「そんなんでサッカーなんかしたら、余計に悪くなるぞ」

それだけ言って、作業に戻る。

「ゆっぴ」

振り返ると、壮一郎が背中を向けたまま言った。

「和馬、ずっと飯を抜いてっし」

競馬学校では、ご飯の量を各自で調節するようになっている。普通に食べる場合は◎、少量の場合は○、不要な時は△と、記名された表にあらかじめ書き込んでおくから、当番はそれを見ながら配膳するのだ。

「いきなり何だよ」

話を逸らされて、むっとする。

「何で、和馬が騎手なんだ？　身長で苦労すんの、最初っから分かってっし。親父が競馬ファンだって？　だったら息子にやらせるんじゃなくて、自分でやれっつーの」

「そうだな」

「俺、体が大きかったら、こんなとこ来なかったし」

「俺だって……。親が騎手じゃなかったら、とっくにやめてる」

今、祐輝をここに引き留めているのは、騎手二世としてのプレッシャーだった。脱落した時、競馬サークルの外から来た者より、何倍も周囲の心無い言葉に晒《さら》されるのだ。

「ここをやめたら、俺には行くとこがなくなる」

「そうなのか？」

驚いたように、壮一郎が目を見開いた。

「父親を知ってる人達や、みんなを失望させるからな。お前が思ってるほど気楽でもねぇんだよ。……ほら、さっさと配ってしまおう」

全員のご飯を盛り終わると、各自の盆に配っていく。

「ゆっぴは、競馬学校に来なかったら、どうするつもりだったんだ？」

配膳しながら、壮一郎が話しかけてきた。

「バドミントンを続けてただろうな。顧問からは期待されてたし」

「そうか……。俺はスポーツは何でもできた。空手、サッカー、野球、どれも楽しかったし、小学生の時は空手の大会で優勝した事もある。それが、中学に上がった後から、段々と勝てなくなってった……」

足が速かったので中学では陸上部を選んだが、「本当はサッカーが一番好きだ」と言う。

「何で、中学でやらなかったんだ？」

そう言いかけて、やめた。恐らく空手と同様に、身体が小さい事が不利に働いたのだろう。

「陸上部じゃ、最初は短距離やってた。だけどよ、短い距離はタッパがある方が有利だっつって、距離を延ばすように言われた。駅伝も走ったし、全中《ぜんちゅう》にも出場した」

その経歴から、一次試験の一部試験科目を免除されるスポーツ特別入試制度を使って、競馬学校に入学したのだ。

「俺、県内では強い選手で有名だったんだ。試合に行くと、『あれが第一中の須山だ』って注目されて、女の子からプレゼント貰った事もあるし。だけどよ、全国に行ったら才能のある奴なんて幾らでもいた。ラストスパートで、俺が必死になってピッチを漕《こ》いでるのに、長い脚でするするーっと追い抜かして行くような奴が……。だから、ここじゃ誰にも負けたくねーし。俺はここじゃ、誰よりも運動神経がいいし、飯も残さず食べて、体力もつけて……。それなのによ……」

何も言えず、ただ黙って聞いていた。

「悪かった」

ふいに、そんな言葉が聞こえて振り返った。だが、壮一郎はそっぽを向いたままだ。そのまま、じっと背中を見つめていると、壮一郎がこちらを見て怒鳴った。

「おい！　俺が謝ってっし。何とか言えよ！」

思わず口元が緩んでいた。「何、笑ってんだよ」と凄まれたから、慌てて言い添える。

「済んだ事は、もういいよ」

「魁人は酷かったな。ボールを蹴ろうとして空振りはすっし、ドリブルで脚を絡ませて転ぶわ……」

サッカー大会での魁人の無様な姿を思い出したのか、壮一郎は腹を抱えて笑い出した。

「もう、やめてやー」

「やめねーし。見兼ねて、途中からキーパーに交代させられて、そしたら今度はトンネル……。悪いけど、笑わせてもらったし。おかげで、俺のチームはべべにならずに済んだ。ありがとよ」

「俺のチームって、壮ちゃん、サッカー大会に出てへんやん」

魁人が突っ込む。

「出てないけど、コーチとして外から采配を振るった」

そう言えば、コートの脇を歩き回って、自分が選手として参加するはずだったチームにしきりに何か指示を送っていた。

三

その時、マイクロバスの車窓《しゃそう》に東京競馬場が見えてきた。

五月第四週、東京競馬場——。

今日は、ここでダービーが開催されるのだ。

入学後に、競馬学校の近くにある中山競馬場は見学していたが、東京競馬場はさらに広大で、その分、観客も多い。

「お前の父ちゃん、今年はダービーに乗ってねーの？」

出馬表を見ながら、壮一郎が憎まれ口を叩いた。

「ふかしてた割りに、大した事ねえし」

「こら。先輩騎手に対して、もっと敬意を払いなさい」

教官の拳骨《げんこつ》が、壮一郎の脳天を打った。

「今は騎手も大変なんだ。短期免許で来る外国人とか、地方競馬から移籍してくるベテラン騎手もいて」

確かに、昨年のダービー騎手が騎乗していないというのは、ファンや関係者にとっては残念な事だ。ただ、最近、大坂騎手は勝てなくなっていて、今日の騎乗数も三つと、以前の半分以下になってしまっている。お手馬を外国人ジョッキーに取られてしまったのが、原因の一つだ。

「須山。卒業したら、お前達も同じような競争にさらされるんだ。他人事じゃないぞ。それから、今日はただの見学じゃないからな」

パドックで馬の仕上がりを見たり、厩務員や騎手達の動きを観察するように言われる。

教官について場内を見学するうち、ダービーに出走する馬がパドックに来る時間になっていた。

さすがに、ここに出てくる馬は皆、良いように見える。気合が乗ってチャカついている馬はいたが、おおむね落ち着いて周回していた。

「俺はあの馬」

壮一郎が一頭の馬を指差した。コスモミリオンという名だ。

「一番人気だし、毛艶《けづや》もいいし、いかにも状態が良さそうじゃね？」

壮一郎が言うように、パドックの傍に設置された電光掲示板を見ると、コスモミリオンのオッズは一倍台と断然人気だった。

だが、祐輝は首を傾げた。そこまで良いようには見えなかったからだ。

「ゆっぴ、お前はどう思う？」

馬はしずしずと足を運んでいる。歩様《ほよう》がおかしい訳ではないが、やはり良くは見えない。

「あんまり……」

会話を横で聞いていた教官が、聞いてきた。

「白鳥、あの馬が良くないと思う根拠は何だ？」

改めて聞かれると、明確な理由を答えられない。

「落ち着いているというより、元気がないという印象です。まるで……」

頭に浮かんだ言葉を口にしかけて、やめた。

調教師、厩務員、騎手とプロが仕上げた馬なのだ。何処かに不具合があればすぐに気付いて、出走を取り止めたはずだ。

「まるで？」

「すみません。上手く言えないです」

「いいから、言ってみろ」

「オーラが出てないというか、かすんで見える……」

「何だ、そりゃ？」

壮一郎が素っ頓狂な声を上げた。

「あの馬の何処がかすんでんだ？　ぴかぴかに光ってっし」

やがて、「止まれ」の合図で馬が周回をやめ、騎手控室から色鮮やかな勝負服に身を包んだ騎手が現れた。騎手を乗せると、馬の気配が変わる。それまで落ち着いていた馬も、レースが近いのを知ってか、急に脚をチャカつかせるなど、興奮を抑えられない様子だ。

本馬場入場を見学する為にスタンドに戻り、屋外へと出た。

誘導馬を追い越すように駆け出してきた馬がいて、厩務員が手を離すと、瞬く間に待避所へと走っていく。

観衆が「おおぉー」とどよめいた。

馬場へと入場した途端、立ち上がった馬がいたのだ。振り落とされないように、騎手が頸にしがみつく。そして、馬が落ち着くのを待って、待避所の方向へと向けた。そこでは、出走する馬が輪乗り《わの》り——輪を描くように歩きながら、枠入りの合図がかかるのを待っていた。

スタート時間が近づくと、観衆が「ひゅうー」と声援を送った。スターターが姿が現したのだ。スタート台に上がったスターターが旗を振ると、ファンファーレが鳴った。録音した音を流すのではない。陸上自衛隊中央音楽隊による生演奏だ。

ダービーのスタートはスタンド前で、歓声が飛ぶ中、馬達は続々とゲート入りを始める。枠入りはスムーズで、奇数枠、偶数枠の順でゲートに収まると、最後に大外枠の馬が入った。

と同時に「シュパッ」と軽やかな音を響かせてゲートが開く。

出遅れる馬もなく、スタートは綺麗に揃った。

盛大な拍手と歓声の中、騎手達は位置取りすべく馬を駆る。ハナを切る者、先頭が見える位置に付く者、かからないよう馬群に入れる者、控えて後方に下がる者。

それぞれの思惑を乗せて、馬達は走る。

有力馬は皆、後ろの方にいた。そのせいでタイムが遅い。一番人気のコスモミリオンも中団にいて、周囲を馬に囲まれる形で最後のコーナーへと進入した。

直線を向くと、各馬一斉に追い出した。ハミをかけ、鞭を振る。内と外から伸びてきた馬がいて、ハナを切っていた馬が飲み込まれ、順位が忙しく入れ替わる。

コスモミリオンはと見ると、騎手の手が動き、前を走る馬を追いかける態勢に入った。前が開いたところでギアが入れ替わり、瞬時にスピードが上がり——と思ったら、急に失速する。

祐輝はコスモミリオンの動きを目で追った。ずるずると後方に下がり、次々と追い抜かされてゆく。

——故障か?

コスモミリオンの異変に気付いてか、それとも気付いていないのか、観客達は叫んでいた。自分が投票した馬、騎手の名、訳の分からない掛け声。七万人はいようかという、屋外立見席やスタンドを埋め尽くした人々の声が折り重なり、渦《うず》となって祐輝の耳に入り込んでくる。

だが、その間も祐輝の目はコスモミリオンに釘付けになっていた。今にも止まってしまいそうなスピードで走っているコスモミリオンに。

歓喜の声と溜息が聞こえてきて、先頭の馬がゴール板を通過したのを知る。

その頃、コスモミリオンはまだコース上にいて、レースとは思えないようなゆっくりとしたスピードで、ゴール板を目指していた。歩様を見る限り、何処かを骨折した訳ではなさそうだ。

「ミリオーン！　何やってんだー！」

「こらぁ、真面目に走らせろ」

観客達のヤジが飛ぶ中、一番人気の馬は最後方でフィニッシュした。

馬券は荒れるだろう。

観客達がザワザワと騒いでいる。

祐輝はレースを振り返った。

最後のコーナーを回り、直線に入った後、前が開いてこれから追い出すというタイミングに、騎手は何故か追うのをやめていた。

何故だろう？

＊

翌日、ニュースでコスモミリオンが死亡したと流れた。レース後、競馬場の厩舎に引き上げたところで突然、倒れたという。心不全を発症し、手のほどこしようがなかったと。

記事によると、鞍上は「最後、全く手応えがなかったので、無理に追わなかった」と書かれている。

口の中に苦いものが込み上げてきた。

パドックを歩くコスモミリオンを目にした時、冗談ではなく馬体に霞《かすみ》がかかったようにぼやけて見えたのだ。自分の目がおかしいのだと思い、こすってみたものの、やはりそのようにしか見えなかった。

「ゆっぴ、お前って、もしかして凄いんじゃね？」

壮一郎は怖い物を見るような目をした。

さんさんと初夏の日差しが降り注ぐ中、祐輝はへたり込みたいような悪寒《おかん》を覚えた。よろめくように厩舎へと入り、ピカメリーの馬房に向かう。

時間外に現れた祐輝を見ると、ピカメリーは嬉しそうに顔を付き出してきた。

「教えてくれ。俺は一体、どうなっているんだ？」

だが、ピカメリーは何も答えず、ただ祐輝の顔をペロリと舐めただけだった。

第四話　やっぱり僕は馬の仕事がしたいんです

一

「麻生和馬。体重四十六・九キロ。体脂肪十二・〇」

前に並んでいた和馬の測定結果が読み上げられる。

「ありがとうございます！」

体重計から降りる時、和馬がほっと胸を撫でおろすような仕草をした。

毎朝の事だというのに、いつも自分の番が回ってくるのを待つ間は落ち着かない。

「次っ！」

寮監の指示で祐輝は体重計にそっと足をかけた。祈るような気持ちだった。

「白鳥祐輝。体重四十四・二キロ」

測定結果が読み上げられ、心の中で「やった！」と叫んだ。前日より減っている。これなら好きなだけご飯をお代わりできる。

献立表によると、今朝のメインはハンバーグだった。デミグラスソースがたっぷりかけられたハンバーグは祐輝の大好物で、ご飯との相性が抜群だ。できれば、ご飯と一緒に食べたい。だから前日は食事の量を少な目にして、今朝の体重測定に挑んだのだった。

「ありがとうございます！」

飛び跳ねるように体重計を降り、スキップしながら食堂を出た。測った体重を、忘れないうちに外に張り出された折れ線グラフに記入する。定規を使ってグラフに線を引いていると、寮監の声が聞こえてきた。

「……この間、反省文を書いたばかりじゃないか。分かってると思うが、四十七・〇キロを超えたら騎乗停止だからな」

寮監より身長が高い和馬が、背中を丸めるようにしている。こちらからは、その表情は見えない。

騎手課程の応募資格には、年齢によって体重制限がある。試験会場で上限を超えていれば、その場で不合格となってしまう。だから、ここにいる生徒達は皆、指定された体重をクリアして入学しているのだ。試験の時点では。

入学した後は、誕生月によって半年ごとに上限体重が〇・五キロごと増やされ、卒業時の指定体重は一律四十九・〇キロとなる。在籍期間中は上限体重を超えると、追加で馬房の掃除や、日曜日の外出禁止といったペナルティが科される。それも度重なれば退学させられるという厳格さだ。

中には、合格したいが為に過酷なダイエットをして試験に挑む者もいるらしいが、そういう者は入学後に挫折《ざせつ》する。保護者の面接では、両親の体格もチェックされるが、思いのほか身体が大きくなる生徒もいて、体重管理が厳しくなるケースもあると聞く。

――和馬は入学してから、また背が伸びたもんなぁ……。

二人の様子をぼんやり見ていると、ふいに寮監がこちらを向いた。

「何か用か?」

「いえ」

「だったら、早く行きなさい」

「はいっ!」と答え、二階の部屋まで駆け上がる。着替えたら、すぐに外だ。

「蒸すなぁ……」

午前五時。

デジタル温度計が示す気温は低かったが、空調がきいた建物の扉を開けると、むっとした湿気に包まれる。ただ歩いているだけで、腋《わき》の下を汗が流れた。

七月に入り、夏時間に変わった今、一日のスケジュールが春とは変更されていた。

起床時間が一時間繰り上がり、検量が終わるとすぐに実技だ。つまり、今から馬に装鞍して、朝食抜きで三時間の実技を行うのだ。朝食をとった後は、昼食までの三時間が厩舎作業に充てられる。

夏時間が設定される理由は、暑さに弱い馬を慮《おもんぱか》っての事で、七月上旬から八月末、場合によっては九月上旬までは、涼しい朝のうちに運動させる。その期間中は一日のスケジュールが変更され、生徒達は起床してから数時間は何も食べられない。

特に、前日の夕飯を節制した時などは、本当に辛い。騎乗しながら朝ご飯の事ばかり考えている時もあった。

今日の一鞍目は乗馬訓練で、二鞍目は走路コースに入っての騎乗訓練だった。

乗馬と走路訓練では使う馬が違うから、一鞍目が終了したら一旦、厩舎に戻って馬を乗り換える。その都度、騎乗した馬にはブラシをかけて身体についた砂や埃を取り、四肢を持ち上げさせて鉄爪で蹄の裏に詰まった石や汚物を掻き出すなど、手入れをする。

その後に、走路用の馬を馬房から出して馬装する。鞍も乗馬鞍から、より軽い調教鞍に付け替える。

集合場所に、騎乗した騎手課程生が次々と集まってきた。その時、楓子がマロングラッセに乗っているのを見つけた。

「松尾、この馬で走るのか？」

「そうだけど？」

「大丈夫かよ……」

本来、一年生は乗馬三頭の世話をする事になっていた。が、特例として楓子は、走路用の馬であるマロンの世話を任されていた。もともとは二年生の役目だったが、上級生達が誰も担当したがらないくらい気性が荒かったマロンを、楓子は何とか手懐けようとしていた。それを見た石川教官が「担当するように」と言ったのだ。

不思議な事に、マロンは馬房では人や他の馬を威嚇するのに、人が乗ると煩い所を見せなかった。

「マロンは現役時代、けっこうイケてた馬で、実は二勝してるんだ」と、楓子が言う。

「マジかよ？」

「本当だ。後で調べてみろ」

競馬学校には、元競走馬も多い。つい、このあいだまで走っていた三歳馬もいれば、現役を引退して何年か経つ古馬《こば》もいる。が、大抵《たいてい》は未勝利馬だ。競走馬の三分の一が未勝利のまま引退すると言われているから、二勝していれば健闘している部類に入る。

そして、改めて二勝馬だと聞くと、気のせいか威風堂々として見える。

「マロンは競走馬として能力があって、だからプライドが高い。そう考えたら、段々と接し方も分かってきた」

そのおかげかどうか、マロンも今では楓子が馬房に入るのを許している。

「マロン様、騎乗させて頂き光栄です」

楓子は冗談めかすのではなく、真剣な表情で言った。

「俺の馬、クイーンオブホースなんて、完全に名前負けだな。クイーン、お前も血統は悪くないのになぁ……」

気を悪くしたのか、祐輝の乗るクイーンが耳を絞った。

乗馬用のピカメリーは気のいい騸馬だったが、走路用に宛がわれたこの牝馬は気難しい。気に入らないとテコでも動かないし、時には乗り手を振り落とそうとする。

「嘘です。嘘。クイーンお嬢さま、上手くリードしますので、どうかこの間みたいに僕を振り落とさないで下さい」

クイーンは一声嘶くと、首をぶんぶん上下に振った。

走路コースを走ると言っても、今はまだ競馬で見るようなモンキー乗りをしているわけではない。鐙を長くし、鞍に腰を下ろしたまま走らせていた。それでも、柵で囲まれた狭い馬場で駈足するのと違って、レースの雰囲気が味わえて気分がいい。

そして、ついに今日はモンキー乗りが解禁される日だった。

モンキー乗りとは、鞍に腰を下ろさず、乗馬よりも短くした鐙で、膝でバランスを取りながら騎乗する方法だ。これまでもモンキー乗りに移行するまでの準備として、乗馬の姿勢で「前傾姿勢」と呼ばれる、鞍に尻をつけない騎乗姿勢の訓練は行っていた。それと並行して、木馬を使ったモンキー姿勢の訓練も続けていた。が、実際にモンキー乗りで走路を走るのは初めてだった。

乗馬歴の長い和馬も、「モンキー乗りは未経験だ」と言ってたから、モンキー乗りに関しては全員が初心者だ。

「俺様の特訓の成果を見せてやるぜ！」

「壮ちゃん、誰よりも熱心に木馬に乗ってたもんなぁ」

そう言う魁人も、心なしか興奮しているようだった。

角馬場に馬を入れたら、まずは馬上でのストレッチをし、続いて馬が止まっている状態で身体を前傾させ、姿勢を確認する。やはり木馬と違って、緊張感が違った。馬がふいに動くと、バランスが崩れる。

こんな状態でモンキー乗りで走っても大丈夫なのか？　不安な思いを胸に、祐輝はイヤホンのスイッチを入れた。

走路コースで走る際、教官はスタンドにいて、リアルタイムでカメラが写した動画や双眼鏡を通して、生徒の動きを逐一《ちくいち》見ている。連絡は無線で、イヤホンから教官の声が聞こえるようになっているのだ。

競馬学校には一四〇〇メートルの外走路と、一二〇〇メートルの内走路があり、二〇〇メートルごとにハロン棒（標識）が立っていて、そこにセンサーが置かれている。スタンドにいる教官は、一ハロン（二〇〇メートル）何秒という形で測定結果を見る事ができ、トランシーバーで生徒に指示を出すのだ。

『ほら、ぐずぐずしないで、乗ってけ乗ってけ……』

教官の指示に従って、順に馬を走らせていく。実際にコースに入れば腹が据《す》わり、嘘のように不安はなくなった。だが、耳元では否応《いやおう》なく教官の叱責が響く。

『駄目だ、駄目だ。膝が下がって上体が馬にかぶってる』

『頭を上げろ。前を見るんだ』

『もっと尻を後ろに引いて。そんなんじゃ振り落とされるぞ』

走路訓練の終了後、教官は皆を集めた。

「みんな、まだまだ筋力が足りない。フォームを安定させ、バランスを保つ為の力が足りてないんだ。モンキー乗りで体が辛いのは、無駄に力が入っているせいだ。力を抜いて楽に乗れるようにならないと……」

＊

「おい、暑苦しいんだよ！　こっち寄ってくるな！」

じゃれついてくる担当馬の顔を、壮一郎が押し戻した。

馬は体温が高く、寒い季節にはほっと和《なご》む時もあるが、この季節は傍に寄られただけで体感温度が増す。

「うわぁぁ、もー、めっちゃお腹空いたぁ～」

実技を終えて馬を厩舎に戻すと、魁人が大袈裟に叫んだ。

「やっと、ご飯が食べられる～！」

「分かりきった事、いちいち言ってんじゃねーよ！」

腹を空かせすぎて気が立っているのか、壮一郎が怒鳴った。その声がすきっ腹に響く。

「大声出すなよ」と、誰かが苛立たし気な声を出した。

日が高くなるにつれ、早朝の湿気地獄からは解放されたが、その代わりに頭上から刺すような太陽の光に晒される。公正寮の正面に植えられた桜並木も、夏の光を浴びて葉の緑が日に日に濃くなってゆく。

建物に足を踏み入れると、何ともいえない良い匂いが玄関にまで漂っていて、鼻と空きっ腹がくすぐられた。

食堂では当番の生徒が、カウンターに並んだ食事を次々とテーブルにセットし、炊飯器からご飯をよそってゆく。セットされるのを待つ時間も惜しかった。

「いただきます！」

手を合わせた後、まずは汁物で胃を落ち着かせた。

「お前のハンバーグ、大きくねえか？　ちょっと寄越せ」

「同じだよ！　同じ！」

そんな会話が何処からか聞こえてきた。

メインの皿には、ハンバーグとサラダが一緒に盛られていた。他にごはん、具沢山のコンソメスープ、フルーツの皿も盆に載っている。

体重管理が必要とはいえ、騎手課程生はアスリートでもある。食事の内容は盛りだくさんで、特に朝食と昼食は「こんなに食べていいのか?」と思うぐらいのボリュームだ。一週間の献立は掲示板に貼り出されているから、メニューに好物が入っていたら、その前後の食事量をコントロールして体重管理する術《すべ》も覚えた。

「あれ? 麻生くん。ハンバーグ食べへんの?」

半分ほど残していたのを、魁人が見とがめた。

「良かったら、どうぞ」

「あ、ほんなら遠慮なく……」

魁人が手を伸ばすと、別の手が伸びてきた。

「ちょっと、待て!」

壮一郎だ。喧嘩が始まりそうになり、和馬が溜息をついた。

「公平に分けますから」

そう言いながら、残したハンバーグを四等分した。

「おい、大きさが違うし!」

「じゃんけんで決めたらええやん」

四人でじゃんけん大会が始まる。勝ったのは楓子で、一番大きな切れ端を取った。

「おい！　ちょっとは遠慮しろよな」

「ボク、体重は余裕だから」

楓子は体重が三十キロ台になる事もあり、教官からは「もっと食べろ」と言われていた。

「いいよな、松尾は。上限が四十八キロだっけ？」

年齢が一つ上だから、上限体重も多い。ルールだからしょうがないとは言え、ついつい愚痴《ぐち》が出てしまう。

「楓は女なのに、上限体重が男と同じって、不公平じゃね？」

「女じゃない！」

壮一郎の言葉に、楓子がいきり立つ。

「悔しかったら、男の体になってから言え！」

その時、バシンと誰かがテーブルを叩いた。

「ちょっと！　黙っててもらえませんか？」

声を荒らげたのは和馬だった。温厚そうに見えて正義感が強く、このあいだは馬に八つ当たりをした壮一郎を相手に、一歩も引かないところを見せた。だが、こんな風に苛立つのは珍しい。皆も驚いたようで、黙り込んだ。

「な、何だよ、急に怒るなって」

口ごもりながらも、壮一郎が言う。滅多《めった》に感情を露《あら》わにしない和馬が相手だけに、戸惑っているのだろう。

「煩いから静かにしろ。そう言っただけですよ」

「別に……。い、いつもの会話だし。なぁ、楓……」

同意を求められた楓子は、リアクションに困ったように固まっている。

「そっちこそ、カリカリすんなよ」

自分を見る皆の視線を感じたのか、和馬ははっとしたように居住まいを正した。

「すみません。ついかっとなって……」

そして、「トイレに行く」と言って席を立った。

「和馬の奴、やけにつっかかるし、最近、ウザくねーか?」

壮一郎がブツブツ言い出した。

「最近、怖い顔してる事多いしなぁ」

魁人が大きく頷いた。

「あんまり食べてへんから、お腹が減って苛々してるんやろか……。せやけど僕も……尚ちゃんがアレやから、気ぃつけんとあかんねん」

現在、魁人の身長は一六五センチと、祐輝と同じくらいだった。だが、父親の大坂尚人は一七〇センチと騎手としては長身で、入学前の面接では「もしかしたら、お父さん以上に背が伸びるかもしれない」と注意を受けたらしい。

「せやから、背が伸びひんように、小さめの靴を履いてるねん」

「バッカじゃねーの」

壮一郎が笑い出す。

「だけど、背が高いのは決して悪い事じゃないぜ。大坂騎手は長い手足を上手く使って、あれだけの成績を上げたんだ」

体重の関係から小柄な騎手が多いが、やはり手足が長い方が有利なのだ。祐輝は両親ともに小柄だから、今以上に背が伸びる可能性は少なそうで、残念だった。

とはいえ、一七〇センチの身長で四十六キロ台を維持するとなれば、食事制限の他に、筋肉量を増やし過ぎない努力も要る。その一方、フィジカル・トレーニングには筋トレも含まれているから、相反する事を同時に行っている事になる。

「体重で苦労すんのが分かってて、何で合格させせんだよ？」

「馬に乗るのが上手かったからちゃうん？」

競馬学校の二次試験は、乗馬経験がある者と初心者で分けられたが、その時から和馬の乗馬の上手さは群を抜いていた。

また、乗る技術だけでなく、馬を曳いている姿もベテランの厩務員のような風格があった。一度、曳いている最中に馬が急に立ち上がった事があったが、和馬は慌てずに暫くされるがままになって、馬が落ち着くのを待っていた。

「このあいだの実技審査でも、麻生くんが断トツでトップやったやん」

六月下旬に行われた実技審査を、祐輝は思い出していた。

入学してから初めての実技審査で、内容は部班《ぶはん》運動と障害飛越《ひえつ》だった。

部班運動とは、号令に従って複数の人馬がいっせいに運動し、限られたスペースの中で複数の馬を同時に運動させるものだ。乗り手は馬を細かく制御する技術を問われる。

障害飛越は文字通り、バーや障害を飛ばせる試験で、いずれも基本姿勢の維持や、ちゃんと扶助操作を行えるかなどが審査される。

教官の総評では、「麻生は馬の反応に対して、瞬時に判断ができる」という事だった。

祐輝達が気付いてないだけで、実は馬が反抗する素振りを見せた時に宥《なだ》めたり、逆にプレッシャーをかけたりと、引き出しが多いのだという。

一方、その実技審査で祐輝は大失敗をし、大目玉をくらった。

審査終了後、乗馬の教官から話を聞いたのだろう、小森から長時間にわたって説教された。そして、ついに「いっそ厩務員を目指すか？」と言われてしまった。

その時、小森の言葉に動揺しながらも、心が動いた。

祐輝は乗馬訓練は苦手だったが、月に一度行われる馬体検査の審査では、優秀な成績を収めていたからだ。馬体検査というのは、担当馬三頭のうちランダムに一頭が教官から選ばれ、日頃から丁寧に手入れされているか、躾《しつけ》がきちんとできているかを、審査されるものだ。

父からは生前、表舞台で活躍するのは騎手だが、競馬を支えているのは実は厩務員だと聞かされた。そんな父の口癖は「厩務員に嫌われてはいけない」だった。気難しく、マスコミ相手にリップサービスもしないケチな父が、厩務員には差し入れを欠かさなかったぐらいだ。だから、父が頭を下げていた厩務員は、騎手より凄い。自然と、そう考えるようになっていた。

騎手課程で厳しい訓練を受けるうち、もしかしたら自分には騎手よりも厩務員の方が向いているのではないか。そんな風に気持ちが傾いていた。

二

初めてモンキー乗りでコースを走ってから、数日が経った。いよいよ本格的な走路コースでの訓練が始まる。

乗馬の教官は馬術で国体に出場した元選手だったが、走路の教官は小森を始め、元騎手が揃っていた。

「馬を走らせるといっても、好きなように走らせていいってもんじゃない。トレセンの追い切りでも、調教師が出した指示通りに走らせないといけない。その訓練の一貫として、競馬学校でも事前に教官から指示されたタイムで走る練習をしている」

その日、騎手課程一年生を集めた小森教官は、皆に言い聞かせるように説明を始めた。子供の頃に遊んでもらった「お兄ちゃん」の顔は、そこには微塵《みじん》もない。

「言っておくが、ペースはいつも同じじゃないぞ。試験や練習メニューによって、その都度変えてゆく。最初はまず、歩数を数えるんだ」

モンキー乗りを維持するだけで精一杯の自分に、果たして馬の歩数を数える余裕があるのだろうか？

「一完歩《いっかんぽ》……歩幅が大きい馬なら歩数を少な目、小さい馬は多目にして調節する。そのうち、身体で分かるようになる」

実践的な内容に身がすくむが、否応なしに訓練は始まった。イヤホンのスイッチをオンにし、馬を走路に入れる。

『白鳥！　一秒遅いぞ』

イヤホン越しに小森の声が響く。

生徒は時計をつけている訳ではないから、実際のタイムが分からない。だから、馬の歩数と教官の指示だけが頼りだった。

『何だ、白鳥？　もうバテたのか？　腰が落ちてるぞ』

乗馬と競馬では馬の動きもスピード感も違う。腰を浮かせて騎乗するうち、太腿《ふともも》が悲鳴を上げた。

「ふう……」

顎にしたたる汗を拳で拭う。

コースを一周してスタート地点に戻って来ると、太腿がパンパンになっていた。

自分が走り終わっても、イヤホンから他の生徒への指示は聞こえる。

『須山ー！　タイムがデタラメだぞ！　ちゃんと歩数を数えてるのか？　松尾もだ。ちゃんと俺の指示を聞いてなかったろ？　遅いんだって！』

『大坂！　今度は速いぞ！』

壮一郎、楓子、魁人と順にスタート地点まで戻ってきた。汗をかいた顔に砂を被り、皆、顔がドロドロになっている。

今は、和馬がコースを走っているところだった。

『麻生！　だから、そんな姿勢じゃ馬が走りづらいんだよ！　お前、馬の邪魔をしてるよ』

乗馬では褒められてばかりだった和馬も、走路では厳しい叱責が飛んでいた。乗馬が上手いに越した事はないが、乗馬と競馬で求められる技量は別なのだ。

その日は、午後からフィジカル・トレーニングがあった。走路訓練でクタクタになった身体に鞭打って、体育館へと向かった。

「今年の一年生はモンキー乗りが下手だって話だから、今から全員で姿勢のおさらいだ。ボールを使ったトレーニングをやるぞ」

中腰で前傾姿勢をとり、バレーボール大のボールを手に、馬を追う動きをする。

「ほら、あと十秒。ラストスパート！」

トレーナーが残り時間を読み上げた。

「腰が浮いてる！」

「駄目だ、駄目だ。追加であと十秒！」

「え―――っ！」

「まだ、声を上げる元気があるんだな。プラス十秒！」

容赦《ようしゃ》なく叱責の声が飛び、腿と腹筋が悲鳴を上げる。

もう誰も声を出さなかった。

中腰のまま、機械的に腕を前後に動かし、ただ時が経つのを待つ。十秒がこんなに長いとは、知らなかった。

「終了ー」

「うわぁぁぁー」

大袈裟でなく、悲鳴を上げて後ろに倒れる。

「へバるのは、まだ早いぞ。もう一本！」

「無理でーす」

ボールを使ったトレーニングの後は、天井から吊るされたロープを登る訓練だ。

「これを続ける事で、体幹が鍛えられるんだ。皆、だいぶ慣れたと思うから、今日は錘《おもり》をつけて行う」

「うええええー！」

「何が、うえええええーだ。さっさと錘を付けろ」

腰にベルトをつけ、そこに円形の錘を通す。そして、腕の力だけでロープを登っていく。自重だけでも重いのに、そこに二十キロの錘が加わるのだから、途中で登れなくなる。

唯一、壮一郎だけは最後まで登り切ったが、降りてきた時は顔が真っ赤だった。

「猿かよ」とからかわれても、言い返す元気は残っていない。

トレーナーによると、「いずれは軽々と登れるようになる」らしい。それだけでなく、体操選手のように腕を支点にして身体を屈曲させ、逆さにつり下がる事もできるようになる――と。

三

「あっちぃ……」

夏は厩舎作業も、さらに辛くなる。

暑さに弱い馬の為にクーラーが取り付けられているとはいえ、自分の体より長いフォークで寝藁を返したり、尿が染み込んで重くなった寝藁を運んだりと、作業するうちに汗びっしょりになる。体感としては、騎乗訓練より余程カロリーを消費している気がする。

「麻生、大丈夫か？」

何処からか、そんな声が聞こえてきた。

「ちゃんと水分補給しろよ」

教官の声だった。

キリのいい所まで作業をして覗きにいくと、和馬は長袖のブルゾンを羽織《はお》っていた。首にタオルを巻き、襟元をきっちり締めているから、顔にはびっしりと汗が噴き出していて、動いた拍子に顎を伝って地面に落ちた。

一緒に食事をしていれば、和馬が努力しているのは分かる。ご飯はずっと抜いていて、食べたとしてもほんの少しだ。最近では水分まで制限しているが、その割りに体重はいつもギリギリだった。

「俺の水、飲むか？」

和馬と目が合ったので、ペットボトルを振ってみせた。一瞬、ゴクリと唾を飲み込んだが、「スポドリは糖分が多いんですよ」と言って、和馬は首を振った。

「それに、もう少ししたら昼食ですから、辛抱します」

夏時間以外のスケジュールでは、午前中の厩舎作業は、間に朝食を挟んで、二度に分けて行う。だが、夏の間は実技と朝食を先に済ませ、九時から三時間かけて午前中の厩舎作業を行う。それが終了すれば昼食だから、朝食と昼食の間が若干《じゃっかん》短い。

今日の昼食はラーメンだった。

カロリーを抑える為か、野菜で嵩《かさ》増ししてある。

「これ、ラーメンっていうより、ラーメンが入った野菜スープやなぁ。期待せんと、スープやて考えたら、めっちゃ美味しい！」

魁人が言う通り、塩気の利いたスープが汗をかいた身体に染みわたる。皆も「美味い、美味い」と言い、スープをお代わりする者もいた。

「あれ？　麻生くん、ラーメンのスープ飲まへんの？　美味しいで」

「嫌な奴だな。欲しければ欲しいって、素直に言えっての」

楓子が魁人をたしなめる。

「別にそんなつもりやないよ」

「どうぞ」

奪い合いにならないように、和馬がレンゲを使って皆の丼に等分に分けようとした。

「麻生。厩舎作業で汗をかいたんだから、それぐらい別にいいんじゃないか？」

祐輝がそう言うと、和馬ははっとしたように手を止めた。

「……ですよね」

そして、丼に口をつけると、一気に飲み干した。

「あぁ〜、美味しい！」

幸せそうに、顔をほころばせる。

昼食の後、午後からは学科だった。

学科では一般教養の他に馬に関するもの、競馬の仕組みや一般教養の他、栄養学など騎手に必要な知識を学ぶ。特に、入ったばかりの頃は、基本的な競馬法や競馬の成り立ち、漢字の読み書き、ニュースの見方などを勉強する。どれも騎手にとって必要な知識だとはいえ、朝が早い上に午前中に運動しているので、睡魔との戦いになる。

だが、今日の座学は特別だった。

現役の騎手が特別講師として招かれるとあって、皆、この日をわくわくしながら待っていたのだ。

講師は入学式の時に来賓として挨拶した、美浦所属の川崎文博騎手だ。教室には、厩舎実習中の三年生を除いた騎手課程生が全員集まっているから、総勢で十二人となる。皆、緊張と期待が入り混じったような表情をしていた。

やがて、職員の案内で川崎が教室に入ってきた。

騎手クラブの副会長を務める他、テレビのバラエティに出演するなど、人前で喋る機会も多いからか、川崎の話術は人を飽きさせない。軽いジョークで笑いを取りながら講演会は進行し、いよいよ終盤にさしかかった。楽しい時間は、瞬く間に過ぎる。

「さて、最後ぐらいは真面目な話をしようか。皆も知っているように中央競馬では三月に、新人騎手六人がデビューした」

祐輝達も入学前の研修という名目で、阪神競馬場で新人騎手のデビュー戦を観戦した。

「この六人中、三人が二世騎手だったり、競馬サークルの関係者の子供です」

親が競馬の仕事をしているという意味だ。

「欧米と違い、日本では馬との接点が少ない。乗馬人口も多いとは言えず、騎手志望者は騎手や調教師、厩務員といった競馬サークルの子女が占める率が高い。ところが……。現在、騎手の世界は君達の親世代、つまり僕らが新人騎手だった頃より過酷になっている」

これは入学前の面接でも、突っ込まれた事だった。その厳しい世界でやって行く覚悟はあるかと。

「一流騎手の基準を、年間一〇〇勝としよう。近年、中央競馬でこの基準を達成した騎手は三十人。このうち、競馬学校出身者は十四人しかいない。残りの半数は、競馬学校の前身である馬事公苑《ばじこうえん》出身者と地方出身騎手、二〇一五年以降にJRA通年免許を取得した外国人騎手で占められているんだ」

川崎は皆の顔を見回す。

「競馬学校出身者の一〇〇勝達成だが、八期までが九人、そこから二十期までが四人と、騎手課程新設当初に集中している。現在の若手騎手を取り巻く環境が厳しくなっている事実。それがまさに数字に表れていると思わないか?」

その原因は制度の変化だと言う。

競馬の国際化として、九四年には三ケ月限定で短期免許制度が設けられ、以後、外国人騎手の台頭が進んだ。その後、地方所属馬が中央競馬のGⅠに挑戦したり、交流競走が拡大されたりして、JRAは「直近五年で二十勝以上二回」という条件を満たした地方騎手に、筆記試験を大幅に緩和する制度を導入した。その結果、地方騎手の中央への移籍に拍車がかかった。

ここに、各調教師の貸し付け馬房数を、成績に応じて加減するメリット制度が導入され、目先の結果を重視する傾向が強まった。当然、実績のある騎手を起用する勢いが増す。

「さらに、トップ騎手の多くが騎乗馬集めにエージェントを置くようになった。そうする事で質の高い馬を集めやすくなる一方、その煽《あお》りを受けて若手騎手が強い馬に乗る機会が減ってしまった」

見ると、教室の隅に立つ小森が眉間に皺を寄せ、川崎を見つめていた。

小森は中央競馬での二十年間の騎手人生の中で、四〇〇勝という成績を残した。中堅の騎手として活躍していたものの、引退前の五年ほどは年間勝利数一桁という成績が続いた。

その小森を引退に追い込んだのは、落馬とエージェント制だった。

地方から鳴り物入りで移籍してきたベテラン騎手がエージェントと契約し、小森が落馬負傷で休んでいる間に、有力馬を全て取られてしまったのだ。

それだけに、川崎の言葉が胸に突き刺さるのだろう。

「こうした時代の流れを受けて、競馬学校では騎手課程のカリキュラムを改革し、模擬レースの回数を五回から八回に増やし、体幹を強化するフィジカル・トレーニングも導入したんだ。卒業者数を減らしてでも、少数精鋭を徹底させて、即戦力として通用するように育てている」

才能発掘の為のプロモーションを強化した他、三年間で計四〇〇万円近くになる授業料も廃止され、現在は食費のみを自己負担としている。

「ただ、いくら騎手課程で質の高い訓練を積んだとしても、騎手の成長には実戦経験が不可欠だ。この三年間でできる事には限界がある。中央のベテラン騎手や外国人騎手に加え、地方競馬で鍛えられて中央に移籍してきたような、いわば完成された騎手達と対等に戦う為には、減量特典以外にない。その証拠に見習騎手……大雑把《おおざっぱ》に言えばデビュー五年目までの新人騎手の事だが、減量特典が消えた途端、騎乗数が急減するケースも多かった。その為、ＪＲＡは一〇〇勝以下の見習騎手の資格を、デビュー三年から五年に延長した」

それでも、重賞や特別戦は減量特典がなく、大きな舞台には手が届きにくいのが現状だ。

「競馬学校での訓練は、君達にとって厳しいと感じるかもしれない。だが、今、話したように現在の競馬界は、若手の入り込む隙間が狭くなっているんだ。だから、競馬学校でもレベルに達していない騎手課程生は留年させて再教育したり、もしくは厩務員転向を勧める姿勢で臨《のぞ》むようにしている」

祐輝はごくりと唾を飲み込んだ。

（大丈夫か？　このままノンビリしてたら留年だぞ）

（いっそ厩務員を目指すか？）

その時、川崎が声のトーンを変えた。

「……とまぁ、嫌な話ばかりしてしまいましたが。それでは気分を変えて、今から厩舎実習を控えた二年生に質問です。これだけ激しい競争がある中、やはり見習騎手はアドバンテージがある。じゃあ、その中から『誰を乗せようか』となった時、関係者が何を一番優先すると思いますか？」

順に二年生が当てられる。

「デビュー間もない時期であれば、競馬学校の成績が良い者です」

「結果を出している騎手でしょうか？」

「馬の事を考えて調教に乗り、真面目にコツコツ頑張っている人物ではないでしょうか？」

ぎこちないなりに、真摯《しんし》に答えている。

「みんな外れ」

川崎は顔の前でバツを作った。

「何故か？　非常に申し訳ない言い方になるけど、デビューしたばかりの騎手なんて、みんな下手糞《へたくそ》なんです。競馬学校を首席で卒業したとしても、それは同期の生徒の中で一番というだけ。誰も新人の腕や技術には期待してません。もし差が出るとしたら、人間性です。『アイツを応援してやろう』と思ってもらえるかどうか。まず、そこが一番大事なんです。そういう意味では、頑張ってたり、努力している姿を見せたりするのも大事と言えば、大事ですが……」

川崎は咳払いをした。

「結果を出すというのは難しく、何でもかんでも勝てばいいというものでもない。この話をする前に、騎手の役割についてお聞きします。騎手の仕事について、誰か答えて下さい」

上級生達が「レースで馬を勝たせる事です」と言う中、一人の生徒が「調教をして、馬に競馬を教える事です」と発言した。

川崎が「よくできました」と手を叩く。

「そうです。調教やレースを通して、若い馬に競馬を教えるのも騎手の仕事なんです。調教師の先生は、馬を預かる時に、その馬の人生設計、つまり馬生を考えます。クラシック路線を狙うのか、まずは一勝を目標にするのか、早目に繁殖に上げるのか等々。騎乗する時も、僕達は馬の将来を考えながら乗ります」

教官達が、しきりに頷いている。

「中央競馬では、一月から六月上旬までは、三歳馬だけのレースと四歳以上の馬によるレースの二本立てとなっています。そして、ダービーの翌週、六月初旬から、二歳新馬戦がスタートします。その後は、二歳馬だけのレースと三歳以上の馬によるレースの二本立てに変わります。つまり、三歳馬は年上の馬——古馬と一緒にレースを走る事になるんです。人間で言えば、中高生が大人に交じって走るようなものです。ここまでの話、分かりますか？」

皆が理解しているかどうか確認しながら、川崎の話は進む。

「つまり、デビューしてから最初の一年は、一緒に走るのは同い年の馬なんです。たとえるなら、学校の体育祭で同じ学年の生徒が一緒に走る。そう考えたら分かりやすいかな？能力のある馬であれば、素質だけで勝ててしまいます。極端な話、スタートと同時に飛び出して、スピードに任せて走れば勝てます。それでは次に、同い年の馬同士であっても、相手が走るのが得意な子ばかりになるとどうでしょう？人間で言えば、インターハイの予選で地区大会、県大会と勝ち上がれば、全国大会に出場し、そこで各地から集まった強い子と対戦しますよね？当たり前の話ですが、未勝利戦とGⅠとでは、一緒に走る馬の力が違います。となると、能力だけでは勝てません。強い子に勝てるトレーニングが必要です。勝つ為には筋力を付けたり、心肺機能を高めたりするだけでなく、レースでの駆け引きなんかも重要になります。古馬と一緒に走るとなると、なおさら素質以外のものが求められます。そこで、馬が若いうちに競馬を教えるんです。分かりやすく言えば、展開に合わせて道中は我慢させたり、足を溜めたりといった事を。ただし」

そこで言葉を切る。

「結果が欲しい騎手にとっては、馬の将来より、目先の一勝が大事なんです」

誰かが唾をゴクリと飲み込む音がした。

「たとえば、長い距離を走れるようにしたい。そう陣営が考えていたとしましょう。指示を受けた騎手は馬の将来を考えて、道中では控えて、行きたがる馬を我慢させます。結果、差し届かずに負けたとしましょう。実績のある騎手……、たとえば僕ぐらいの立場であれば、それで乗り替わりにはならない」

川崎がニヤリと笑いながらウィンクしたから、皆がくすっと笑う。

「でも、これがデビューしたばかりの新人騎手だとしたら、馬主さんはどう思うでしょう？　『新人騎手を乗せるから負けた』。そんな風に言われたら、調教師はどうするでしょうね。つまり……次は、こうなる可能性があります」

川崎が手刀で顎の下を一直線に切る仕草をしたから、笑っていた騎手課程生達がしんと静まり返る。

「もう一度言います。次はありません。そして、別の騎手に乗り替わり、そこで勝ったとしたら、そのまま騎乗馬を取られてしまいます。『やっぱり、あの新人騎手は下手糞だった』と言われて。だから、僕自身も若い頃は目先の一勝が欲しくて、そのせいで馬の可能性を潰した事もあります。騎手は皆、このジレンマを抱えています。自分に求められている事をやりつつ、だけど結果も出さなければいけない。どうするか？　判断するのは自分です。今、生き残っている騎手は皆、その都度都度に判断しながら、現在の地位に上りつめたんです」

　講演会の最後は質疑応答の時間となった。

　千尋が手を上げた。

「川崎さんご自身の経験で、厩舎での実習で何か感じた事はありましたか？」

「僕が実感したのは、自己管理の重要性ですね。トレセンに行けば自由な時間が増えます。競馬学校では管理されていて、ギリギリの体重をキープできますが、厩舎では厳しく言われる事がないから、食べたい物を食べ、飲みたい物も飲めます。いわば、試される訳です」

　千尋をはじめとした二年生は、真剣な顔で頷いている。

「その時、何の為に自分が厩舎で実習しているのかを考えて欲しい。騎手として仕事をする為ですよね？　その事を忘れないで下さい」

　今度は別の二年生が手を上げた。

「厩舎実習で、何か気を付けた方がいい事とかあれば教えて下さい」

「そうだね……。色々あるけど、馬との接し方かな。今、競馬学校にいる馬は君達の為に用意された馬です。だけど、厩舎にいる馬は持ち主がいます。その事をよく考えて下さい」

　他にも、「苦労した馬はいますか？」や、「初めて競走馬に乗った時の感想を教えて下さい」といった質問が続く。

「他に川崎騎手に質問はありますか？　一年生は誰も質問してないけど」

教官がこちらを向いたから、皆で顔を見合わせたり、目配せしたりする。

「こんな機会は滅多とないんだ、ほら、遠慮してないで。今日の講演会の感想でも、今、悩んでる事でも、何でもいいから話しなさい」

「あ、じゃあ……」

和馬が手を上げた。

「麻生和馬です。初めまして」

礼儀正しくお辞儀をする和馬に、川崎が「背が高いね」と微笑んだ。

「え、あ、はい……。先ほど、トレセンに行くと監視がないので、自己管理が大切だというお話がありました。とても恥ずかしい悩みなんですが……。僕は競馬学校にいながら、体重管理に苦労しているんです。川崎さんは、体重管理に苦労された経験はありましたでしょうか？」

川崎騎手は唇を引き結び、和馬の言葉を聞いていた。

「有難い事に、僕は食べても太らない体質みたいで、あまり役に立てるような事は言えないなぁ。物凄く悩んでいるだろうって、想像はできるんだけど……。一年生という事は、君は今、十五歳か……十六歳ぐらいだよね……」

そう前置きした後、怖いくらい真剣な顔をした。

「これは、君にはちょっと厳しい話になるかもしれないけど……。その年齢で減量が辛いんだったら、転向も考えた方がいいと思う」

教室の空気が、固く張り詰めた。だが、和馬は表情を変えず、真っ直ぐ川崎騎手を見ていた。

「というのは、今はまだ成長期だから、君はもっと背が伸びる可能性がある事。あとは、これはずっと先の話だけど、年齢と共に新陳代謝《しんちんたいしゃ》が悪くなって、体重管理が難しくなるんだ。現役の騎手でも、若い頃はサウナで汗とりすれば体重を落とせたのに、段々とそれができなくなって、斤量《きんりょう》が軽い馬に乗れなくなっている者がいる。平地《へいち》だと厳しいから、負担重量の重い障害競走に転向した騎手もいるよ。どんなに馬に乗るのが上手くても、体重管理できなければ騎手は続けられないんだ」

「……ありがとうございます」

厳しい言葉にもかかわらず、和馬は礼儀正しくお辞儀をした。

「白鳥、君は何も聞かなくていいのか？」

教官に名指され、ぎくりとする。暗に「知り合いだろ？」と言われた気がした。

立ち上がりながら、今日の講義の内容を反芻《はんすう》した。

「『馬の将来より、目先の一勝が大事』というお話がありましたが、もう少し具体的に、たとえば馬の名前とかを出して、川崎騎手の経験を聞かせて頂ければ……嬉しいです」

「うわぁ、馬の名前は勘弁してよ」

川崎がおどけた仕草をする。

「色々あったよ。どうしても手放したくない馬だとか、ここで負けたら後がないとか。デビューしたばかりの頃だったら、同期生が次々と初勝利しているのに、自分だけなかなか勝てなかった時とか……」

「そういう時って、誰かに叱られたりしないんですか？　例えば調教師とか……」

「うん、まぁ、ケースバイケースだな」

川崎が言葉を濁したところで、時間切れとなった。

＊

検索窓に馬名を打ち込むと、トップページにケイアイダークの経歴が表示された。

生年月日の他に調教師、馬主、生産者に産地。血統の他にコースや距離適性、脚質にまで言及されている。GⅠどころか重賞にも出走していない馬にもかかわらず、レビュー数がそれなりにある。ほとんどが、父と大坂騎手に関する根も葉もない話だ。

そのケイアイダークの全成績を順に見ていく。

新馬戦は十頭立ての五着で終わっている。騎手の欄には、白鳥祐三の名が記されていた。二週後の未勝利戦も続けて騎乗し、四着と少し順位を上げていた。年を越して馬齢が一つ増えた後も、六着、五着と凡走《ぼんそう》が続いていて、いずれも父が騎乗している。

二十年以上も前の話だから、現在とはクラス分けの表記が違った。

今も昔も、馬齢と獲得賞金の額でクラス分けが行われているのは同じであるものの、古い呼称が使われていて、馬齢も満年齢ではなく数え年で表記されている。

そして、騎手は途中から大坂尚人に替わっていた。

大坂騎手は二〇〇●年三月★日の中京競馬場で開催された、四歳上五〇〇万下のレースでケイアイダークを勝たせ、それが初勝利となっている。

この戦績を見た限りでは、父が騎乗している間は凡走を繰り返していた馬が、大坂騎手に乗り替わった途端、才能を開花させたように見える。だが、その輝きは長く続かなかった。クラスが上がった後は低迷し、ケイアイダークは地方に移籍していった。その後の消息は分からない。

川崎騎手に聞けなかった事を、祐輝は胸の内で繰り返した。

――何故、父はあのような真似をしたのでしょうか？

祐輝も騎手になれば、父の行為の意味が分かるのだろうか？　そんな堂々巡りの末、祐輝は手にしたスマホの電源を切った。

四

昔はお盆を過ぎれば涼しくなった。

昭和生まれの人間はそう言うが、涼しくなる気配など全くない。祐輝にとっては夏は九月まで続き、十月が近づいて、ようやく朝夕が涼しくなるイメージだった。

「あれ？　和馬は？」

その朝、祐輝が食堂に入ると、和馬の姿がなかった。いつも真っ先に来て、体重測定の順番を待っているのに、珍しい事だと思った。

「白鳥、呼んできてくれ」

いつまで経っても姿を見せないので、寮監から部屋まで呼びにいくように言われた。

「おーい、起きてるか？」

扉をノックするが、返事がない。仕方なく「開けるぞ」と断ってから、薄目に扉を開けた。

いない。

かけ布団は綺麗に畳まれ、机の上も整頓《せいとん》されている。

「便所か？」

洗面所や手洗いを覗くが、和馬はいなかった。

「部屋にはいません」

食堂に戻り、寮監に報告する。

気をつけの姿勢でいると、寮監の表情が険《けわ》しくなった。自分が何かした訳でもないのに、冷たい汗が出る。

「しょうがないな。とりあえず、先に測定を済ませなさい」

今日は日曜日だから、実技はない。先に厩舎作業を済ませ、それから朝食の予定だった。だが、食事の時間になっても、和馬は食堂にいない。

やがて、競馬学校の近くに住んでいる職員や教官が集められ、捜索が始まった――。

＊

「嫌になったのかな……」

自転車を走らせながら、楓子が言った。

本当なら厩舎当番以外の皆で遊びにいく予定だったが、急遽、和馬の捜索に駆り出された。壮一郎と魁人、楓子と祐輝と二手に分かれ、競馬学校の周辺を自転車で駆け回る。

「最近、体重の事で悩んでたろ? 川崎騎手からは『その年齢で減量が辛いんだったら、転向も考えた方がいい』なんて言われて……。ずっと思いつめた顔してたし、喋りかけても生返事だった」

祐輝も和馬の様子がおかしいのは気付いていたが、そのうち元に戻るだろうと簡単に考えていた。

「もう、近くにはいないんじゃないかな」

「だったら、何処に行くんだよ」

楓子の言葉に、苛立ちながら答える。

「そこで休もう」

自販機でお茶を買い、木陰《こかげ》に自転車を入れた。たった三十分ほどだが、炎天下を走ったせいで、Tシャツもタオルも汗でぐしょ濡れだった。

「自分ちじゃないのか？」

キャップを脱ぐと、楓子は汗で濡れた髪を掻き上げた。春先には中を刈り上げたツーブロックにしていたが、それが今は伸びている。

「帰ってたら、競馬学校に連絡あるだろ？」

和馬の父親は競馬ファンで、息子をどうしても騎手にしたくて、英才教育をほどこしてきたのだ。逃げ出してきた息子を、そのまま受け入れるとは思えない。

「やっぱり、家には戻ってない気がする」

「でも、お金を持っていないし、行ける場所は限られている」

だから、競馬学校の近くにいる。そう考えて、自分達は和馬を捜し回っているのだ。

「やめるのかな。麻生は……」

「知らねーよ」

暑さと苛立ちで、ついつい言葉が乱暴になった。

「あれだけ乗馬が上手いのに、勿体《もったい》ないよな」

自分に言い聞かせるように、楓子が呟く。

エンジンを改造した原チャリが、耳障《みみざわ》りな音を立てて目の前を走っていった。

「くそっ、うるせーな」

舌打ちが出る。

楓子は「勿体ない」と言うが、春から夏にかけての練習で、他の生徒達も上達していた。特に魁人は、祐輝を追い越す勢いで馬を動かせるようになっている。この調子なら、卒業する頃には和馬にも引けを取らなくなっているだろう。

また、走路コースに入れば、乗馬とは別の技術が要求される。和馬も以前ほどは褒められなくなり、叱責される事が増えた。

だから和馬は今、食べたいのを我慢してまで競馬学校で学ぶ意味を見失っている。そんな気がするのだ。

上級生達が、目の前を自転車で通り過ぎていった。

「こらぁ！　さぼるなー！　一年坊主ー」

ブレーキ音をきしらせて、千尋が自転車を停めた。

「ちぃ先輩、もう暑くて……」

「あたし達も暑いわっ！　だいたい、お前達の仲間だろっ！　バックレたのは……」

千尋が拳骨を頭に入れようとしたのを、楓子は笑いながらキャッチした。

「全く、もうすぐ厩舎実習だってのに、何であたし達は人探しをしてるのよ？」

厩舎実習に行っていた三年生がそろそろ戻ってきて、入れ替わりに二年生が厩舎へと旅立つ季節だ。千尋は、卒業後は栗東トレーニング・センターの厩舎に所属する事が既に決まっていて、今回の実習もそこでお世話になるという。

千尋が所属するのは、元ジョッキーが調教師として采配を振るう厩舎だ。とはいえ、調教師の全てが新人を預かってくれる訳ではない。生徒自身にツテがあったり、競馬学校の教官が頼み込んだりしているのが実情だった。

「貸して」

千尋は楓子の手からペットボトルを奪うと、ごくごくと音を立ててお茶を飲みほした。

「あー、もうっ、熱中症になりそう！」

「俺のも、飲みますか？」

「ありがと」

祐輝がペットボトルを差し出すと、それも飲む。

「実習先、白鳥は何処かに決まってるの？」

祐輝に飲みさしのペットボトルを返しながら聞いてきた。

「いえ、特に……」

「何で？」

千尋は不思議そうに首を傾げた。

「お父さんが騎手なんだから、その御縁があるでしょ？」

確かに、元橋厩舎であれば受け入れてくれるかもしれない。元橋は父の兄弟子であり、調教師になった後も、所属馬の騎乗を父に依頼していた。

「何処に所属するとか、まだ考えられる状況じゃないんで……」

あまりに下手なので、小森からは「黄信号」と注意されているのだ。

「そっかー。でも、ここで訓練を続けてるうちに変わるよ。私だって、最初は酷かったもん」

「もしかして、先輩も乗馬未経験だったとか？」

「まさか！　五歳から乗ってたよ。お祖父《じい》ちゃんの代から厩舎を経営してて、子供の乗馬大会で優勝した事もある」

「それなのに、苦労されたんですね……」

「うん。馬乗りを教えてくれたのがお祖父ちゃんで、だからか乗り方が古いとか言われて。ムカつくよねー。『田舎乗り』なんて言うんだよ。あたし、県大会で二連覇してんのにっ！　あの、糞ったれの教官めっ！」

何かを思い出したのか、顔を真っ赤にして怒り出した。

「それなのに、どうしてやめなかったんですか？」

「それはだねぇ……」

その時、「帰るぞーぉ！」と怒鳴る声がした。二年生が千尋を呼ぶ声だ。向こうの方で数人が固まって、手を振っている。

千尋が自転車のハンドルに手をかけた。

「あたしがやめなかった理由、楓には話したから。興味があるなら、そっちで聞いてよ」

そして、ケンケン乗りで自転車に跨ると、猛スピードで二年生達の元へ走っていった。

「危ないなぁ。左右を見てないよ、先輩……」

その後ろ姿を目で追いながら、楓子が笑った。

「ちぃ先輩、何で思いとどまったんだ？」

「さあ……」

楓子は肩をすくめた。

「あのなぁ。先輩が今、お前に理由を喋ったって……」

「だから、忘れた」

楓子の物言いに呆れていると、「てか、どうでもいいじゃん」と悪びれずに言う。

「そんなに知りたい？」

「別に……。だいたい想像できるし。同じ騎手になるんだったら中央で……とか、親に説得されたんだろ？」

千尋の父親は地方競馬全国協会（ＮＡＲ）の騎手だ。

中央競馬を主催する日本中央競馬会（ＪＲＡ）に対し、地方競馬とは文字通り都道府県や市町村といった自治体が、レースの主催者となっている。

芝コースとダートコースが用意されている中央競馬に対し、地方競馬はダートのみで、レースの賞金や規模も小さい。ゆえに能力のある騎手や競走馬は、中央での出走を目指すのだ。たとえば、誰もが名前を知っているアイドルホース・オグリキャップは、地方から中央に移籍した馬だし、地方時代のオグリに騎乗していた安藤勝己《あんどうかつみ》騎手も、後に中央に移り、キングカメハメハでダービーを勝った他、ＧⅠを五勝したダイワメジャーの主戦騎手として活躍。また、牝馬のダイワスカーレットで有馬記念を逃げ切り、三十七年ぶりに牝馬の優勝という快挙を成し遂げた。

昭和の終わりから平成の初めの頃は、地方も中央と同様に盛況だった。だが、今でこそ持ち直したとはいえ、地方競馬は存続を危ぶまれていた時期があった。

地方競馬は一九九〇年代以降、業績悪化が続いており、二〇〇一年以降に、全国で廃止が相次いだ。残った施行者も賞金や諸手当の削減、リストラ策で辛《かろ》うじて生き残っていたという有様で、オグリキャップを生んだ笠松《かさまつ》競馬でも廃止論が高まり、騎手、調教師、厩務員は仕事を失う瀬戸際まで追い詰められたのだった。

それが、二〇一〇年より始まった日本中央競馬会との発売協力と、ネット発売の強化が功を奏し、V字回復に転じた。

週末しかレースが開催されない中央に対し、地方では毎日、競馬が行われており、今でも地元に根強いファンがいる。また、地方と中央の女性騎手ばかりを集めてレースをしたり、ナイター競馬や中央との交流戦を催したりと、独自のイベントを開催して人を呼び込んでいた。

ただ、千尋の父親であれば、その前の嵐のような時期を経験しているはずで、黒字回復したとはいえ、地方競馬の危うさを肌で感じていただろう。

「うーん、そうでもなさそう」

「何だよ、はっきり言えよ」

最初は口を濁していたが、やがて説明を始めた。

「女子が……、ボクが入学するのを知って、もう少し我慢しようと思ったみたい。女子が入れば、思いっきり女子トークしてストレス発散できるからって」

「は？　松尾は女子トークなんかしないだろ？」

「喋るぐらいはするさ」

そっぽを向く。

「ちぃ先輩は、ボクがやめるって騒いだ時、めちゃくちゃ焦って、ボクを引き留めにきたんだ。さすがに先輩から頭を下げられて、ボクも考えを改めた……」

「へぇ！　そんな事があったんだ！　カイトが説得したのだとばかり思ってた」

「あいつは、傍でウロウロしてただけ。ちぃ先輩から『どっか行ってろ！』って怒られてた」

「そうなのか？　カイトの奴、さも自分が松尾を思いとどまらせたみたいな顔してたけど。調子のいい奴だな」

楓子が「そうだな」と笑った。

「にしても、お前、えらくあっさりと、競馬学校やめるのをやめたんだな」

暫く躊躇《ためら》った後、楓子はポツリと言った。

「ちぃ先輩がいい人だったから……。この人と離れたくないって思った」

顔が赤い。

――あぁ、好きになったのか。

「もうすぐ、厩舎実習に行ってしまうぞ。先に告《こく》っといた方がいいんじゃないか？　トレセンには幾らでもイイ男がいるんだし」

煽ってみたら、睨まれた。

「誰にも言うなよ。特にあの猿には」

壮一郎の事だ。口では「ババぁ」と言いながら、何かとちょっかいを出しにいき、千尋に構ってもらって喜んでいるのだった。

「あんな猿に先輩を取られてたまるか」

「心配しなくても、大丈夫だろ？　須山は子供っぽいし、相手にされてないと思う。むしろ、麻生の方が……」

「何だと！」

楓子が気色《けしき》ばむ。

「麻生は俺らと同い年だけど、妙に大人びてるだろ？　乗馬も上手いから、ちぃ先輩も一目置いてる気がする」

「それ、好きって事なのかな？」

深刻な表情をしている。

「知らねーよ！」

ふいに、楓子が口を噤んだ。

「俺、何か悪い事を言ったか？」

「あ、いや……」

モジモジしているから、「何だよ」と、せきたてた。

「白鳥は……やめたいって思った事ないのか？」

「いきなり、何を言い出すかと思ったら……。おかしいぞ。お前」

「うん……その、魁人と一緒なの、辛いんじゃないかって……。白鳥のお父さんが亡くなった原因が、大坂騎手にある。そんな風に言ってる人がいるし……」

「何だよ、それ……」

説明できない感情と共にアナウンサーの声が、暑さでぼんやりしていた頭に蘇ってきた。

（おーっと、これは大きな落馬事故……）

「ちょっと待てよ。何で、大坂騎手のせいなんだよ？　直接、ぶつけた訳じゃねえんだ」

確かに、祐三が落馬した原因は、尚人が乗った馬が斜行《しゃこう》したからだ。それによって複数の馬が落馬し、そのうちの一頭に祐三が乗っていた。だが、競馬ではよくある事だ。

「警察が事故死だって言ってんだ。俺も母ちゃんも、誰かのせいだなんて思ってねえ。あの時、病院にも責任を問わなかったし……」

当時、祐三は落馬で大怪我をし、病院でリハビリに励んでいた。事故はその時に起こった。病院の階段から転落した際に頭部を打撲し、父は意識不明の重体となった。そして、そのまま意識が戻らずに亡くなったのだ。

警察の調べでは他殺の可能性はなく、また遺書などもなかった事から、自殺も否定された。一人で歩行訓練をしている最中に、何かの拍子でバランスを崩し、階段から転落したとされて――。

父の性格を考えたら、復帰を急ぐあまり無理をしたのだろう。それが、雅美や周囲の人々の共通した意見だった。

「色々と言われてるのは知ってる。身内にすれば、迷惑な話だ」

もう、この話題には触れたくなかったので、祐輝は黙り込んだ。

「ごめん、白鳥。ボクが悪かった。もう、お父さんの事は聞かない……」

そう言ったきり、楓子も口を噤んでしまった。

蟬《せみ》の鳴き声に取り囲まれ、見ると蜃気楼《しんきろう》ができていた。道路が二重、三重に見える。

そこに二つの影が現れた。

「おーい、いたか?」

声の主は壮一郎だった。

後ろにいるのは魁人で、近づくにつれ、二人の顔が日に晒され、真っ赤になっているのが分かった。

祐輝は立ち上がり、両手でバツを作った。

「一旦、戻ろう」

そして、「行くぞ」と楓子を促し、サドルに跨った。

＊
「皆、ちょっと集まってくれ」

夜になって、小森教官が寮に入ってきた。

「大坂と須山がいないな？」

「呼んできます」

祐輝はトレーニングルームへと向かった。

中からは、金属がきしむ音に混じって、時折パシンっと軽快な音が聞こえてきた。

案の定、壮一郎は木馬で騎乗姿勢を練習していた。自分の背中と木馬の背が平行になるような姿勢を取り、手綱を両手で持って木馬の首を押し、時折、木馬の尻に鞭を入れる。

壮一郎が壁に貼られた鏡で騎乗姿勢を確認した時、祐輝と目が合った。

「何だよ、ゆっぴ」

木馬を揺らしながら言う。

「教官が集まってくれって」

「珍しくね？」

祐輝も同じ事を考えた。そして、滅多とない事だけに嫌な予感がした。

「大坂はどこだ？」

「さぁ、部屋じゃね？」

階段を上がって個室に向かう途中、寮監の声が聞こえてきた。

「これは何だ？」

見ると、魁人の部屋に寮監がいて、苦々しい表情で壁を指差していた。

「ポスターです」

「それは分かっておる。部屋に余計な物を持ち込むのを禁止されてるのは、知ってるな？」

「は……い」

「すぐに剥《は》がしなさい」

ポスターには、やたらと目の大きな美少女キャラが描かれていた。あどけない顔とは裏腹に、大きな胸を強調する衣装を着ている。いつか言ってた残念系美少女の恵瑠歩《エルフ》だ。

「そちらのも。あと、机の上に並べてる人形も片づけて、この段ボールに入れなさい。卒業するまで預かっておくから。あ、白鳥。ちょうどいい」

部屋の外で声をかけるタイミングを測っていると、寮監に呼ばれた。

「このオモチャをここに詰めるのを、手伝ってあげなさい」

寮監が「しろいの梨」と書かれた段ボールを手にしていた。段ボールには白井市のマスコットキャラクター、なし坊《ぼう》ファミリーのイラストが描かれている。

「全部ですか？　一つぐらい残しちゃ駄目ですか？」

魁人は恵瑠歩のフィギュアを手に、恨めしそうになし坊ファミリーを見た。梨は白井市の名産で、マスコットキャラクターは公募で市民が名付けたものだ。

「駄目、駄目。一つ許すと気が緩んで、いずれ二つ、三つと増えていく。早くしなさい」

「はぁい……」

魁人は剝がしたポスターを筒状に丸めてゆく。

寮の個室には鍵などかけられないし、退室中は引き出しもドアも開きっぱなしにしておくというルールがあった。それ以外にも適宜《てきぎ》、持ち物検査があり、室内が整理整頓されているか、余計な物を持ち込んでいないか、定期的に検《あらた》められた。

魁人の部屋も、最初は何も置かれてなかった。それが、いつしか休日に都内のアニメショップまで自転車で通っては、そこでポスターやフィギュアを買い込んできて飾るようになっていた。「さすがに多過ぎるんじゃないか？」と思っていたら、案の定、寮監のチェックが入ったのだった。

「ちょっと調子に乗り過ぎたな」

寮監の部屋に段ボールを運びながら、振り返る。

丸めたポスターを抱えた魁人は、趣味のグッズを全て取り上げられて、しょんぼりしていた。

「元気出せよ。卒業する時には返してくれるんだ」

「何で、僕ばっかりー」

「目を付けられたんだ。諦めろ。それより小森教官が呼んでる。急げ」

さっさと行かないと、またドヤされる。

「来たか。座ってくれ」

ソファに一年生を座らせたところで、小森が口を開いた。

「麻生が見つかった」

その表情の暗さに、良からぬ事が頭を過《よぎ》った。生きた状態で見つかったのか——と。

小森が次に何を言うか、祐輝は胸の鼓動を押さえながら待った。皆も息をこらして見守っている。そんな皆の気持ちを知ってか知らずか、小森はなかなか次の言葉を口にしなかった。

「無事……なんですよね？　麻生は」

沈黙を破ったのは楓子だった。

それには答えず、小森は「今は実家で謹慎《きんしん》中だ」とだけ答える。

「脱走して、どこに居たんですか？」

堪《たま》らず、祐輝は尋《たず》ねていた。

「そう遠くには行ってなかったようだ」

姿を消した翌日には近隣の住民に保護され、競馬学校に連絡があったと言う。

「もしかしてやめるんですか？　学校……」

返事はない。

「とりあえず、無事だった事だけ知らせておく」

それだけ言って、小森は寮を出ていった。

「謹慎って、あんな真面目な奴が、まさかって感じだし」

「ずっと体重で悩んでたから、気持ちが折れたのかもなぁ……」

そう祐輝が言うと、皆は口を噤んだ。

「僕も背ぇ伸びたら、そうなるんかな……」

「お前んとこの父ちゃん、食っても太らないんだろ？　だったら、お前も大丈夫なんじゃね？」

「尚ちゃんは外食が多いから、本当のとこは分からへん。家で食べてる事、あんまりなかったし……。今から考えたら、あれ絶食してたんかな……」

立場上、馬主に誘われての会食も多いのだろう。食事に連れられて、「減量してるから食べられない」とは、やはり言えない。会食に付き合った後は、飲まず食わずという生活だったのかもしれない。

「ゆっぴんとこの親父は、どうよ?」

「覚えてない」

「という事は、体重管理に苦労してなかったのかもな」

楓子が言うのに、祐輝は首を振った。

「本当に分からないんだ」

思い返せば、父と一緒に食卓を囲む機会は少なかった。朝が早く、生活サイクルが子供達とは違ったからだ。

「どこかに記事がないかな? 白鳥騎手や大坂騎手のインタビューとか。そこで体重管理について何か喋ってるかも……」

楓子がスマホで検索しようとした。

「おい、俺の親の事なんか、どうでもいいだろ?」

「そうやで。僕も尚ちゃんの事、目の前で検索されたら気分悪い」

声を荒らげた祐輝に、被せるように魁人も言った。

「それも、そうだな。ごめん」と呟き、楓子はスマホをテーブルに置いた。

*

小森が和馬の消息を伝えにきた二週間後――。

夜飼いを終えて寮に戻ると、玄関脇のソファに和馬が座っていた。

「麻生くんっ！」

「おいおい、心配させるなっつーの！」

和馬の背中を認めた途端、皆で歓声を上げて駆け寄った。だが、振り返った和馬を見て、息を吞む。

真っ黒に日焼けして、人相が変わっていた。

「何か……雰囲気変わったやん」

「ワイルドというか、輩《やから》感が出たというか、ガラが悪くなったというか……」

だが、目を細めて柔和《にゆうわ》に笑う表情は、いつもの和馬だった。

その時、寮監と和馬の父親の会話が聞こえてきた。入り口の脇にある寮監の部屋にいるようだ。

「うちの息子が迷惑をかけてしまいました。また、どうかよろしくお願いいたします
……」

「お父さん。私も長くこの仕事をやってますが、この年頃の子供は皆、似たようなもんですよ。そのままやめてしまった生徒もいましたから、今回は戻ってきてくれて……私も嬉しいです」

「本当にすみませんでした」

「ほら、皆も喜んでいますよ」

寮監に伴われて、和馬の父親が姿を現した。

「いいか、みんな。前と同じように、仲良くやるんだぞ」

寮監の声に、「はいっ！」と全員が声を揃えた。その様子に和馬の父親は嬉しそうな、複雑そうな表情を見せた。そして、和馬に「がんばれよ」と言い置いて、寮を出ていった。

「さぁさぁ、明日は早いんだ。麻生は先に風呂に入ってしまいなさい」

和馬には聞きたい事、喋りたい事が一杯あった、だが、寮監は許さず、そのまま和馬を風呂場まで連れていった。

「皆も今日、習ったところの復習や、明日の座学の予習があるだろう？　さっさと自分の事をしなさい」と言い置いて。

その翌日——。

朝のルーティンである体重測定で、和馬は四十四キロと、これまでにない数字を出していた。その割に、朝食も残さずに、通常通りに食べている。

「どうやって体重を落としたんだ？」

「競馬学校を脱走した後、飲まず食わずだったのか？」

皆、興味津々《しんしん》だったが、和馬はニコニコ笑っているだけだ。

「でもよぉ、脱走するって、和馬は意外と度胸あるのな」

壮一郎が「見直した」とばかりの口調で言った。

「自分でもよく分からないんです。何で、あんな事ができたのか」

和馬はその夜の事を話し出した。

深夜、眠れなくなった和馬は、寮の周囲を散歩しながら、走路の方へと向かっていったらしい。

競馬学校の敷地内には、何故か一般の人や車両も通行できる道路が横断していて、日中は校内に人が入ってこられないように警備員が立っている。その道路を眺めるうち、気付いたら柵を乗り越えて外に出ていたという。

「今から思うと、普通の精神状態じゃなかったんでしょうね」

ほんの少し冒険したら、そう、教官が夜の見回りに来る時間までには戻るつもりで、競馬学校の柵沿いに歩いていた。

「競馬学校の外周から逸れた時に戻れば良かったのに、歩いているうちに、段々と気分が良くなってきて……。ふと、思いついて住宅街に入ってみました。これまで行った事のない場所です。そこで道に迷ってしまって……」

スマホは寮監に預けたままだったし、誰かに電話を借りて連絡する勇気もなかった。

「自分がしでかした事に怖くなって、戻るに戻れなかったんです。で、朝になってうろうろしてたら、近所の方が気付いてくれて……。『競馬学校の子だね』って声かけてくれたんです。とても親切な人でした。近くの店でラーメンをご馳走《ちそう》してくれて……」

「ラ、ラーメンだとぉ？　一人だけ、いい思いしやがって！」

壮一郎が、和馬を小突く真似をした。

「しかし、よく戻ってきてくれたな」

戻ってしまえば、また元の生活に逆戻りで、お腹一杯ラーメンを食べる事もできなくなるのだ。

一旦、目を伏せた和馬だったが、すぐに顔を上げた。

「父とはよく話し合いました。無理しなくていいとも言われて……、でもやっぱり僕は馬の仕事をしたいんです。そう言うと、父は『体重管理については、もっと何かできるはずだ』と……」

「その何かって、何なんだよ」

「気持ちを切り替える事だとか。ストレスで食べ過ぎて太る事もあるみたいです」

和馬は実家にいる間、父親に釣りやキャンプに連れていってもらったそうだ。どうりで、いい色に日焼けしているはずだ。

「後は、汗をかく事。言われてみれば、厩舎作業で大汗をかいた後は、体重も減っていますし」

「けど、汗なら、今も十分にかいてるだろ？　サウナスーツみたいなの着てたし」

さらに汗をとりたいなら、サウナに入るしかなさそうだが、競馬学校に、そんな設備はない。

「待てよ。何か思い出したぞ……」

壮一郎が腕組みをした。

「壮ちゃん、何なの？」

「うるせえっ！　今、何か出かかってるとこだし。邪魔しないで黙ってろって！」

怒鳴られた魁人は、肩をすくめてみせた。

「……とりあえず、十二月までの辛抱です」

上限体重は十五歳の誕生日を起点に半年まで、その次は十六歳の誕生月の前月まで、十六歳六ケ月、十七歳の誕生日の前月というペースで〇・五キロずつ増えてゆき、最終的には四十九キロが上限となる。

つまり、誕生月が早い者ほど、上限体重も早く上がっていくのだ。同期の中では、一月生まれの和馬が最も誕生月が遅い。

「須山くんと代わって欲しいぐらいですよ。そんなに背が低いのに、四月生まれなんて、ずるいですよ」

「俺だって、好きで四月に生まれた訳じゃねーし。てか、背が低いって言うな！」

「いえいえ、羨ましいです。須山くん、やたらと筋トレしてますよね。体重を気にせず筋肉をつけられるの、やっぱり羨ましいです」

最近は体操選手のような身体になっている。

「壮ちゃん、フィジカル・トレーニングのマット運動で楓ちゃんに負けたの、よっぽど悔しかったみたいやで」

「ボクに？」

楓子が自分の顔を指差した。

「うるせえっ！　俺はやればできるんだ。楓に負けたとか、気にしてねーし」

皆で、壮一郎の負けず嫌いをからかう。

「とにかく、迷惑かけてすみませんでした」

和馬は頭を下げた。

「もう、いいって。麻生が戻ってきてくれて、俺は嬉しい。みんなも同じだと思う」

「うん。僕も嬉しいで。麻生くんは癒《いや》し系のキャラやん。たとえば……」

「またかよ！」

そのまま、また漫画だかアニメの話になりそうだったので遮る。

「俺は嬉しくないぜ。和馬がいるせいで、俺らは乗馬の教官に怒られてばっかだったし。でも、やっぱ一人減ったら物足りなかった……。よろしくなっ！」

「はい。改めて、よろしくお願いします」

律儀《りちぎ》に返す和馬に、皆がわっと笑った。

「とにかく、麻生がいるだけで、何か和むというか、落ち着くんだ。だから、いてもらわないと困る」

祐輝の言葉に、和馬は照れくさそうに俯いた。

「僕なんかが……」

そう言った拍子に、水滴が一つテーブルに落ちたのを、皆は見て見ない振りをした。

第五話　それが騎手課程を志望した、ほんまの理由や

一

日曜日。

週に一度の休日は、外出が許される。

「何処行く?」

「僕は船橋のＪ書店」

競馬学校の近くに大きな書店はなく、魁人は時折、南に十二キロほど行った場所にある書店まで自転車を飛ばしていた。

「『妹にボクっ娘《こ》の彼氏ができました』の新刊、『ボクっ娘が兄の僕にデレてます』が出てるはずやねん」

身体の前で両手をグーにして、スキップを始めたから、皆は呆れていた。

「いい年して『萌え』とか言ってんじゃねーし」

「あー、失礼な。『ボクっ娘』シリーズのファンには、尚ちゃんぐらいの歳の人もおるよ」

SNSのオフ会に行くと、いつも魁人は最年少だったらしい。

「そんなの持ち込んだら、また寮監に取り上げられるぜ」

「ええから、誰か付き合《お》うてやー」

結局、祐輝が一緒に行く事になった。

「心の癒しに必要やと思うけどなー。『萌え』は……。規則とか厳しい訓練で受けた心の傷を、『萌え』でリセットするねん。そうやって、自分なりに心のバランスをとってたのに、あの寮監は……」

ペダルを漕ぎながら、祐輝は後悔していた。書店までの道中、延々と「萌え」についての講釈や、愚痴を聞かされる羽目になったからだ。

「寮監は心が狭過ぎる。ポスターやフィギュアが傍にあるだけで、厳しい訓練に耐えられる。一つや二つくらい、許してくれてもええと思う……」

すかさず、「一つや二つで済んでなかっただろ？」と突っ込んだ。

「それに、規則は規則なんだから、そういうもんだって考えろよ」

「ゆっぴは毒されてる！」

そう言い捨てると、魁人はペダルを漕ぐスピードを上げた。J書店の看板が間近に迫っていたからだ。

駐輪場に自転車を停めると、魁人は祐輝を置いて書店に飛び込んだ。

「おーい、待てよ」

人でごった返す店内できょろきょろしていると、向こうの方から悄然《しょうぜん》と歩いてくる魁人を見つけた。目当ての本が売り切れていたという。

「初回入荷が少なくて、あっという間に売れてしもたんやって……。今、追加で発注かけてるらしいけど……」

結局、取り置きを頼んで、再訪する事になった。

「寮監にチェックされたらヤバいから」と、競馬関連の本も何冊か一緒に注文し、そこに紛《まぎ》れ込ませる作戦だと言う。

──無駄だと思うけどな。

祐輝は「やれやれ」と肩をすくめた。

＊

「十月の第一木曜日に、競馬学校で三年生による公開模擬レースがあります」

石川教官が一年生を整列させた。

「そして、当日はメディアのカメラが入ります」

通常なら観客の前でお披露目する模擬レースだったが、新型コロナウイルスが流行した時、無観客で開催された。その際にお試しでライブ配信したところ好評で、有観客となった現在も動画サイトでの公開模擬レースの配信を続ける事になったのだ。

司会進行はテレビの競馬中継でお馴染みの芸人で、解説者として元騎手の競馬コメンテーターも出演する。他にもプロのアナウンサーによる模擬レースの実況があったり、レースの前後にはゲストによる予想や解説まであるというから、ちょっとしたテレビ番組並みの充実した内容だった。

同時に競馬学校での生活ぶりまで紹介されるので、競馬関係者やファンだけでなく、これから騎手課程を受験しようという志望者にとっても見逃せない。

一方、デビューを控えた三年生にとっては、公開模擬レースは関係者やファンにアピールできる場でもある。模擬レースに先駆けて、一ケ月前から訓練を重ねているし、「自分が乗る馬をピカピカに仕上げてレースに出したい」と、手入れもいつも以上に入念だ。中にはくず藁で馬体をこすって光らせている者までいた。そして、日ごとに三年生の顔つきが変わってゆき、張り切っているのが手に取るように分かった。

「当日の主役は、もちろん三年生です。でも、せっかくだから、君達にも日頃の訓練の成果を見せてもらいます」

皆がゴクリと唾を飲み込んだ。

「模擬レースは午後から行いますが、その少し前に門を開放して観客を入れて、イベントを楽しんでもらいます。当日はゲストとして現役騎手を呼んでいますから、彼らにも協力してもらって、ファンサービスを用意します」

「ファンサービス？」

「そう。今、考えているのは木馬の模範演技です。騎乗姿勢を習うのに、君達も木馬を使った練習を始めてますよね？」

「それって、ボク達も観客の前で木馬に乗ってみせるって事ですか？」

「そうです。但《ただ》し全員ではなく、オーディションをして何名かを選びます」

＊

走路での訓練は相変わらず厳しかったものの、それだけに「騎手になるんだ」という実感は強くなっていった。

「だいぶ慣れたようだから、今日は一年生同士で実践的な競走をやってみようか。昨年までは、一年生にはやらせてなかったんだが……」

生徒達の間に、期待と緊張感が走る。

教官によると、本来は二年生の夏に行う訓練だったが、近年は新人騎手にも即戦力が求められている。そういう訳で、カリキュラムを前倒しにする事も考えているらしい。一年生同士による競走は、いわば実験的な試みになる。

「でも、俺達、ゲート入りの訓練をまだ受けていません」

競馬学校にも、競馬場と同じようにゲートが設置されていて、予定では年明けの一月に行われる短期厩舎実習を見据えて、十一月頃から行う事になっていた。

「スタートの仕方は後で説明する。先に馬の準備だ」

駆け足で厩舎へ向かうと、それぞれに宛てがわれた馬に馬装する。そして、ウォーミングアップを始めた。

祐輝が騎乗するのは、クイーンオブホースだった。楓子が乗るマロングラッセとは相性が悪いから、近づけないようにする。

「ゲートを使用しないでスタートする方法だが……。まず、最初は集団でゆっくりキャンターだ。そして、残り四百メートルの標識で馬の鼻先を揃えたら、そこからギャロップに移行して、後は通常の競馬と同じように競走する形で行う」

キャンターとは、駈歩の事。ギャロップとは全速力で走る事で、乗馬では通常は行わない。

使用する走路は一周が一四〇〇メートルだから、最初の一〇〇〇メートルはゆっくり走らせ、最後の四〇〇メートルを競馬と同じように走らせる事になる。

走路に入り、スタート地点に馬を集合させたが、クイーンオブホースが他の馬を嫌って尻っ跳ねをした。おまけに走り出す前に立ち上がってしまい、出遅れた。

前を走る楓子のマロングラッセが進路を塞ぐようによれてくる。その隣の魁人の馬がよれ、ぶつかられた勢いで、こちらの進路に入ってきたのだ。

『危ないぞ！』

『真っ直ぐ走らせろ』

『白鳥！　遅いっ！』

いつの間にか七、八メートル離されていた。慌てて追いかけ、追い付いた所で祐輝は手綱を抑えた。

だが、いつもと状況が違うのを察したクイーンは、口を割って嫌々をするように左右に首を振る。まだ競走は始まっていないのに、スイッチが入ってしまったようだ。コントロールが利かず、そのまま突っ込めば、前の馬に乗りかかってしまう。

「何で、止まらないんだ？」

実際に競馬場で開催されているレースを見ていると、馬群に入れれば馬は落ち着くのだが、いざ自分がやってみるとあんなに上手く行かない。

『白鳥、馬を外に出しなさい』

教官の指示に従って、「外に出すぞー」と周囲にアピールした後、馬を外に持ち出す。

そして、膨らみながらコーナーを回った。思いのほか手応えが良く、向こう正面でクイーンは先頭に躍《おど》り出ていた。

『白鳥ーっ！』

再び教官の叱咤《しった》の声が轟く。

『まだ早い！　競走するのは最後の四〇〇メートルだっつったろ？　他の馬と動きを揃えろ！』

その時、内側から追い越していった馬がいた。

魁人の馬だ。

『ちゃんと指示通りに走らせろ！』

教官の怒鳴り声の他に、周囲からも注意を促す声がする。

「おいおい！」

「何やってんだ！」

魁人の馬が外に向かって斜行してきた。

「ごめーん」と、魁人も叫んでいる。

見る間に馬は外ラチまですっ飛んでいく。

——危ないなぁ……。

既に汗びっしょりだ。

その時、一旦は外に行った魁人の馬が、内に切れ込んできた。咄嗟に避《よ》けようとしたが、そこには別の馬がいた。逃げ場を失ったクイーンは、魁人の馬に乗りかかるような形になった。

「うわ、うわわぁっ！」

クイーンが尻もちをつくような形になり、祐輝はそのまま後ろ向きに滑り落ちた。どんという衝撃と共に、砂の上に放り出される。視界に広がる雲一つない空が、徐々に暗転していった——。

「おい！ 大丈夫か？」

誰かの声で、遠のいていた意識が呼び戻された。だが、周囲の景色ははっきりと見えるのに、身体が動かない。目だけを動かして辺りの様子を探る。

「まだ無理だったか」とか、「この時期の生徒同士で競走させるのは、やっぱり危ないな」といった会話が聞こえる。その声が段々と近づいてきた。

「白鳥？ 私の言葉が聞こえますか？」

顔を覗き込んできたのは、石川教官だった。

「僕は大丈夫です。……馬は？」

厩務員課程の生徒や教官に囲まれて、クイーンが柵の傍に立っていた。何処か傷《いた》めたのか、後ろの右脚を持ち上げている。痛いはずなのに、クイーンは暴れもせずにいる。

「馬は大丈夫なんでしょうか？」

そう呟いた時、クイーンが嘶きながら跳ねた。

「うわ……」

思わず声が出た。

右後脚の真ん中から下が、くるりと宙で弧を描いた。完全に折れているのだ。

石川教官も目を伏せた。

身体を起こそうとしたが、「救急車が来るから、そのまま動かないで」と言われ、じっとしていた。

サイレンを鳴らし、赤色灯を点滅させながら、救急車が走路沿いに止まった。

担架《たんか》に乗せられた時、遠巻きにこちらを心配そうに窺う魁人が目に入った。

魂が抜けたように、蒼白《そうはく》な顔で震えていた。その唇が動いたかと思うと、魁人は口元を押さえて蹲《うずくま》った。指の間から吐瀉物《としゃぶつ》が垂れるのを見ながら、祐輝は車内に運び込まれた。

＊

「シラトリッ！　ワタシヲイツマデココニイレトクツモリヤ?:」

ＡＩ音声モデルでアニメ風に変換された甲高い声が、頭の中で響く。

「チョット！　シラトリ！　キイテルンカ？　コッカラハヨダシテヤッ！」

気が付くと、祐輝はゲートの中にいて、クイーンオブホースを必死でなだめていた。

「ごめん。すぐに出してあげるから、もうちょっと我慢して」

タテガミを撫でながら、猫なで声を出す。

「コラァ！　キタナイテデキヤスクサワンナ！」

クイーンは狭いゲートの中で首をぶんぶん振り回す。

「す、すみません。あ、ほら、最後の馬が入るから、もうすぐゲートが開くよ」

「モォッ！　メッチャムカック！」

かっとなったクイーンが立ち上がったタイミングに、ゲートが開く。

「クイーン、出て、出て」

「セヤカラ、オリロッチューネン！」

「お願いします、クイーン様。前を追って下さい」

「コイツ、イッペンイテコマシタロ」

「待って、ここで控えて！　最後まで脚がもたないから」

祐輝を背中から落としかねないスピードで走るクイーンに、慌てて手綱を引く。だが、いくら腕に力を込めても、頭に血が上った馬を抑える事ができない。一頭、追い抜かすごとに「ア、クイーンサマダ」、「キョウモ、ゲンキダネ」、「テメェ、コノヤロー！　マケルカッ！」という声がして、頭の中でわんわんと反響する。

「ヤッパリ、セントウハキモチエエナァ。ソレソレーッ！」

先頭に立ったところで気が済んだのか、クイーンが遊び始めた。一番外を走っていたのが、内《うち》ラチに向けて斜めに走る。

クイーンが余計な事をしている間に、後ろから馬が迫ってきた。だが、もうクイーンには力は残っていなかった。「シラトリ。ツカレタカラアルクデ」という声とともにスピードを落とす。

それでも必死で追っていると突如、クイーンはガクンとバランスを崩した。

「どうしたんだ？　クイーン、いや、クイーン様……」

先ほどまで、あれほど姦《かしま》しく聞こえていた声が、幾ら耳をすましても聞こえず、ただ荒い呼吸音だけが響く――。

「白鳥」

肩を揺すられて、はっと目を覚ます。

顔を上げると、楓子がいた。

「随分とうなされてた。やっぱり暫く入院してた方が良かったんじゃないのか？」

クイーンから落ちた後、祐輝は病院に運ばれた。落ちた直後は立ち上がれなかったのが、到着すると普通に歩けるようになっていた。打ち身程度で、どこか骨折した様子もなかったが、頭を打っていたこともあり検査が行われ、一日だけ入院したのだった。

「てゆーか、落ちてばっかだよな。白鳥は……」

運ばれた病院には、このあいだお世話になった看護師がいて、「また君なの？」という顔をされた。

「俺のせいじゃないよ」

このあいだは壮一郎が、今日の走路コースでは魁人が落馬の原因を作ったのだから。

「もしかして、参ってる？」

頭を抱えていると、楓子が顔を覗き込んできた。

「当たり前だろ！」

あの後、クイーンは安楽死処分となった。魁人の馬に乗り上げたのが原因なのか、それとも先に骨折していたのか、生徒達に詳細は知らされなかった。

「ふうん……」

まじまじと見られたから、「何だよ」と言い返す。

「意外だな。トレセン育ちだから、ああいうのには慣れてると思ってた」

「お前は平気なのかよ？」

「平気じゃないよ！」

楓子の顔が紅潮した。

「けど、競馬じゃよくある事だし、ボク達は今後、ああいう事にも慣れていかないといけないから……」

そう言って唇を噛む。

気まずい沈黙が漂う中、夢で聞こえていたのと同じ音声が何処からか聞こえてきた。音の出どころを探すと、楓子の手元だった。

「何だよ？　それ……」

「あぁ、これ？」

楓子は自分のスマホを、祐輝の目の前にかざした。

「大坂に教えてもらったんだ。『騎手と馬のでんがなまんがなトーク』。レース動画に重ねて騎手と馬が延々、ボケとツッコミを繰り返す」

画面には中央競馬のレース動画が流れている。

「これは、例の逸走《いっそう》したやつか？」

単勝一倍台と圧倒的支持を得た馬が、騎手の制止を振り切って外ラチに向かって走ってゆくシーンが流れ、関西弁の音声がそこに重なる。

楓子がボリュームを上げた。

「ヘイへーイ、キョウノレースハラクショウヤッタナァ〜」

「お前、何、やってんねん！　まだ一周残ってるやろ！」

「エ、ソーナン？　イマ、ゴールバン、ツウカシタヤン」

「今日のレースは三〇〇〇メートルあるねんっ！　あぁ、もう、どないしよ。俺が怒られるねんで」

「アキラメルノハマダハヤイデ。チョットミトケ、トリャー！」

そして、馬群の方へと戻り、レースを再開した。

実際のレースでは、この逸走した馬が二着でゴールし、皆を驚かせたのだった。

「こんな風に、馬と会話ができたらいいのに……」

「俺……」

思わず、「たまに一瞬先の未来が見えたり、馬と感覚を共有できる時がある」と言いそうになり、口を噤んだ。

今日はクイーンの身に起こる事が、事前に分からなかった。馬は痛かったろうし、自分に何が起こったか分からずに混乱もしていただろうに、祐輝は自分の事に精一杯で、そういった馬の感覚を感じられなかったのだ。

「はあぁ、つまんない……」

楓子が、ふいに不機嫌な表情になり、スマホを放り出した。

二年生が厩舎実習に出かけて以来、楓子は情緒《じょうちょ》が不安定だった。千尋に告白して玉砕《ぎょくさい》したのだろうか？

いや、それ以前に告白したのかどうかも分からないままだったし、気にかけているほど祐輝も物好きではない。

一方、厩舎実習から戻ってきた三年生は、デビューに向けて順調にスケジュールを消化していた。今後は九月末から始まる模擬レース、騎手免許の取得、卒業式といったイベントが目白押しだ。

その時、寮の玄関から誰かが入ってきた。

小森だった。目配せされ、外に出る。

「祐輝、大丈夫か？」

教官の制服を脱いだ小森は、ポロシャツに短パンというリラックスした恰好をしていた。

「……その、すみません、俺のせいでクイーンを……」

ぽんと肩を叩かれる。

「その事だがな、自分を責め過《す》ぎるな」

てっきり叱られると思っていたから、意外な言葉に驚いた。

「というか、馬に感謝しろ。クイーンがお尻をついて、滑り台を滑るような形で落ちたから、祐輝は怪我をせずに済んだ。放り出されていたら、他の馬に踏まれたり、蹴られたりした可能性もあった。本当に幸運だったんだ」

「だから余計に辛いんです。自分は何処も怪我してないのに、クイーンだけが……。身体がどうもない分、心が……痛んで……」

痛々しい姿を思い出し、胸が潰れそうになる。

「騎手になりたいんだったら、そんな風に考えるのは、やめた方がいい」

見ると、小森はやけに冷めた目で祐輝を見ていた。

「傷つくのは人間の勝手だろ？　クイーンはお前を怨《うら》んじゃいないし、何とも思ってないんだ。そもそも俺達には何もできないんだよ」

サラブレッドの体重は、小柄な馬でさえ四〇〇キロ、大きな馬になると五〇〇キロを超す。それだけの体重を、細い四肢で支えているのだ。サラブレッドが全力疾走した時には、数トンもの荷重《かじゅう》が一本の脚にかかると言われている。脚の故障は競走馬の宿命でもあるのだった。

「だけど、何かできたかもしれないんです。毎日、体調をチェックしてるのに、何故、気付けなかったんだろうか……って」

今度は、呆れたような声が返ってきた。

「おいおい、あれは競走中の事故だ。幾ら馬の体調をチェックしたところで事前に分かるかよ」

そして、くるりと背を向けた。

「クヨクヨしてる間があったら、せいぜい腕を磨くんだな」

二

日曜日、再び魁人とJ書店へと向かい、取り置きしてもらっていた本を受け取った。

「ごめん。こないだの落馬の事、ちゃんと謝ってなかった！」

落馬した祐輝が病院に搬送された後、魁人はショックから体調を崩し、暫く寝込んでいたのだった。だから、これまで二人で落馬事故について話す機会を失ったままでいた。

「怒ってる？」

上目遣いをした魁人に、「別に。馬は怒ってるかもな」と答える。

魁人はしょんぼりと俯いた。

「何とか助けられなかったのかな。現役馬でも、骨折を治療した後にGIを勝った馬とかおるやん」

「ヒビとか剝離《はくり》骨折だったら治療できるけど、あれじゃ無理だろ……」

皮一枚で繋がった脚が、宙で弧を描きながらぶら下がっていたのを思い出すと、今でもぎゅっと胸が縮まる。

「完全に折れてたんだ」

治療しても苦痛を与えるだけで、治る見込みも薄かった。クイーンは速やかに安楽死処分された。

「『トレセン育ちだから慣れてるんじゃないか』って言われたよ」

楓子の言葉を思い出し、「ふうっ」と溜息をついた。

「慣れてる？」

ぽかんとした後、魁人は目を伏せた。祐輝と同じように溜息をつきながら。

「僕は……慣れることなんかでけへん。馬や人が死んだ時に、仕方ないとかも考えたくないし、『それが競馬というものや』とか言いたない」

話が変な方向に流れていきそうだったので、祐輝は話題を変えた。

「それより、腹減った」

和馬が脱走中に食べたラーメンの話を聞いて以来、いつか食べにいこうと話していた。

和馬によると、競馬学校で出されるような野菜タップリのヘルシーなラーメンでもなければ、流行りのデカ盛りでもない。「町中華」で出されるような、ごく普通のラーメンだったという。

　おおよその場所は聞いていたが、店はなかなか見つからなかった。

「この辺りは普通の家ばっかだぞ。本当にここなのかよ？」

　自転車を漕ぎながら、左右を見る。

「あ、あれとちゃうん？」

　魁人が指差したのは間口の小さな店で、派手な看板もなく、「ラーメン」と書かれた赤ちょうちんがぶら下がっているだけだった。

　引き戸を開いて中に入ると、中は薄暗く、ひんやりと涼しかった。「ラーメンを」と注文すると、チャーシューが一枚に、ナルトとメンマが乗った醬油味のラーメンが運ばれてきた。

「うわぁ、美味しいっ！」

「美味《うめ》えっ！」

　ごく普通の味だったが、二人はスープまで残さず飲みほした。

　おばさんが冷たい水のお代わりを持ってきてくれた。

　寮に戻るまで待ちきれないのか、魁人は買ったばかりの本を早速広げている。

「あーあ、何で部屋にスマホの持ち込み禁止なんやろ……。電子書籍リーダー、買おかな」

祐輝は氷をからから言わせながら、グラスの水を飲みほした。

「読書が癒しなんだったら、オフラインで読めるように、専用の端末を買っとけよ。このあいだ、競馬場でスマホを使った若手騎手が処分されてただろ？」

デビュー三年目までの複数の騎手が競馬開催中に、控室への持ち込みが禁止されているスマホを使用し、三十日間の騎乗停止となる事件があった。

「あれは騎乗馬のレース動画を見たり、オッズを閲覧《えつらん》したりする為やったんちゃうん？手元で見れた方が便利やん」

「いやいや、調整ルームにいた騎手と電話で喋ってたんだよ」

「騎手同士で電話するぐらい、ええやん」

「それを許してしまったら、何でもありになるだろ？」

過去にも、調整ルームにいた騎手がツイッターに上げられた記事をリツイートし、スマホを持ち込んでいるのが発覚。処分された事があった。

たったそれだけの事と言われそうだが、スマホは必要な情報を手元で見る事ができる便利なツールである一方、通信機器でもある。外部の者に内部情報を漏らすのも簡単にできてしまう。

「ガラケーやスマホがなかった時代には、家族が連絡する時でも、調整ルームの電話交換手を通してたぞ。その会話も、ずっと聞かれてたみたいだし……。そんなだから、調整ルームでは皆、酒を飲むって親父が言ってた。他にできる事といったら、木馬で練習したり、サウナで汗をかくぐらいだからって」

魁人も父親が騎手なのだから、尚人が調整ルームで軟禁状態になっているのを知っているはずだ。

「それはそうなんやけど……。実は尚ちゃん、次の会議でＪＲＡに、『条件付きでスマホ解禁にして欲しい』って言おうと思ってたらしいねん」

「会議？　そんな事、騎手がＪＲＡに進言できんの？」

魁人は落ち着かなげに目を動かした。

「目ぇ、泳いでるぞ」

「ゆっぴにだけ言うけど……。九月に尚ちゃんが日本騎手クラブの新しい会長になるねん。……内緒やで」

日本騎手クラブは、日本中央競馬会に所属する騎手によって組織され、騎手会と略して呼ばれている。ＪＲＡに所属している騎手が全員加盟している、プロ野球でいえば選手会のようなものだ。

組織としては会長が一名、副会長が二名、美浦と栗東のそれぞれに支部長と副支部長がいる。会長は「日本中央競馬会運営審議会」の委員にも任命されていて、大坂騎手はそちらで「スマホの規制緩和」について提案するつもりだったらしい。

尚人の実績や年齢を考えれば当然の事なのに、驚いている自分がいた。

「へぇ、すげえな」

「大坂騎手、どんどん偉くなるな」

「大袈裟やなぁ、ゆっぴ。騎手クラブの会長なんか、町内会の役みたいなもんやん。長い事おったら、いつかは回ってくる」

「町内会って、それはさすがに失礼だろ」

思わず笑ってしまう。

「ゆっぴのお父さんかて、美浦の支部長をやってたんやから、生きてたら……」

そこまで言って、魁人は「あ」と口を押さえた。

「ごめん」

「別に謝らなくてもいいよ」

「うん。ごめん」

「だから、何で謝るんだよ？」

「それは……悪い事を言うたからやん」

上目遣いで謝る魁人に、いつになく腹が立った。

「だから、俺、気を悪くしたとか一言も言ってないだろ？」

いや、そうじゃない。

「お前、俺に気ぃ遣ってるだろ？」

魁人の事は、初対面の時から「どうでもいい事をベラベラ喋る奴だ」と思っていた。だが、実はそうではない。それは本心を隠す為の鎧なのだ。

前々から気付いていた事だが、あえて知らない振りをしていた。

だが、そんな自分に祐輝は疑問を感じていた。三年間、こういう関係を続けるのか？

一度、腹を割って話した方がいいんじゃないか――と。

「親同士、何かあったかしれないけど、俺達は関係ないだろ？　その……親父が大坂さんを殴った時には、俺も魁人も生まれてなかったんだし……」

魁人は本を開いたまま、じっと祐輝を見つめていた。表紙に描かれた美少女のイラストが、昂《たかぶ》った祐輝の神経を逆撫でする。

「むしろ、俺の母ちゃんは、親父が大坂さんにした事に怒っていた。大人気ない、初勝利のお披露目《ひろめ》の場を台無しにしたって……」

結婚した後で話を聞いて、「そんな人とは一緒に暮らせない」と言い出し、あわや離婚かという騒動に発展したのだという。周囲の人のとりなしで元の鞘《さや》に収まったものの、それ以来、父は雅美に頭が上がらなくなったらしい。

「そうなん？」

魁人は目を丸くした。

「僕は、ずっと白鳥家の人に恨まれてると思ってた。尚ちゃんのせいで、ゆっぴのお父さんは落馬して……」

「また、その話かよ」

かっと頭に血が上った。

「どいつもこいつも、いい加減にしろよな！」

カウンターを拭《ふ》いていたおばさんが、何事かとこちらを振り返ったから、祐輝は声を潜めた。

「あれはリハビリ中の事故だ。少なくとも俺達……、母ちゃんも遥も、そう考えている。それを自殺とか、殺されたとか何とか勝手な事を、よくも……」

誰が言い出したのかも分からない、ネットに書かれていたデマだ。魁人は悪くない。それなのに、止まらなかった。

「もうその話は二度とするな」

「せやけど……」

「黙れ」

「黙らない」

強い口調が返ってきて、今度は祐輝が驚く番だった。

「お前……」

「加害者扱いされた人の気持ち、ゆっぴは考えた事ある?」

黙り込んだ後、意を決したように魁人は口を開いた。

「僕、『お前んとこの親が祐三を殺したようなもんやな』って、いきなり知らん人に言われた事あるんや」

見る間に魁人の表情が崩れ、ぐすぐすと泣き出した。

「このあいだも、僕のせいでゆっぴが落馬したやろ? 人を落としてしまうって、こんなに簡単なんや、呆気ないんやなって思った。馬も可哀想《かわいそう》やったけど……それ以上に、競馬が怖いて思った。こんな怖い世界で、尚ちゃんは生きてたんや……って」

涙と鼻水で、魁人の顔はぐしゃぐしゃだった。

「出よう」

先に魁人を外に出し、祐輝が二人分の金をたてかえた。お釣りを受け取る時、「喧嘩しちゃ駄目だよ」とおばさんに言われ、「すみません」と謝る。

——くそっ、何で俺が……。

外に出ると、魁人が自転車置き場で待っていた。

「おい、食ったばかりのラーメン、吐くんじゃねーぞ」

そう言うと、魁人は弱々しく笑った。

「ルミちゃん、僕が競馬学校を受験するの、最初は許してくれへんかった。尚ちゃんとの絡みで、色んな事を言われる、活躍してもせえへんでも、どのみち色々言われるって。人殺しの息子や……とか」

「人殺し」という言葉の響きに、祐輝は言葉を失った。いや、何か言わなければいけないと思うのに、喉がからからに渇いてゆく。

「せやから、ルミちゃんに言われた通り、中学を卒業して普通の高校に行った。でも、やっぱり納得でけへんねん。何で、尚ちゃんが人殺し扱いされんとあかんのかって……」

そして、サドルを跨ぎながら言った。

「人殺し……。騎手になったら、そう言われる意味が分かるかもしれへん。それが競馬学校を志望した、ほんまの理由や」

＊

ターフビジョンに、真っ赤な審議のランプが灯っていた。

怪物の目玉のように煌々《こうこう》と光り、目を背《そむ》けたくなるほど禍々《まがまが》しい。

先頭でゴール板を突っ切った大坂騎手が、後ろを振り返った。その瞬間からビデオが巻き戻されるように、フォーチュンラブは後退を始め、直線、第四コーナーへと戻っていく。そして、落馬事故が起こる直前で停止すると、そこから再生される。

先頭は大坂騎手が騎乗するフォーチュンラブで、二馬身離れた外から馬が追走していた。第四コーナーにさしかかった時、僅かにフォーチュンラブが外に膨らんだかに見えた。

だが、間にもう一頭の馬が割り込もうとしていた。

直線で前を向いた時に、抜け出せる位置を取ろうと考えていたのだろう。だが、外に膨らんだフォーチュンラブと接触し、転倒してしまった。

（おーっと、これは大きな落馬事故……）

ころころと転がる馬、振り落とされる騎手。

観客達の悲鳴に、赤いランプが重なる――。

はっと目を覚ますと、汗をかいた身体が、パジャマの襟元を濡らしていた。耳の中には、夢の中で聞こえたアナウンサーの声が、やけに生々しく残っている。その声を追い出すように、祐輝は寝返りを打った。

眠らなければと思うのに、アナウンサーの一語一句、馬の動き、騎手の動き、全てが鮮明に頭に蘇り、祐輝を眠りの底から引きずり上げようとするのだ。

「あぁ、くそっ……」

ひとりでに、そんな声が漏れていた。

このレースでは、結果的に六頭が落馬し、競走を中止した。

加害馬は先頭を走っていたフォーチュンラブ。第四コーナーで急に斜行し、後ろから追ってきたスリーディグリーズの走行を妨害したとして、失格になっている。

鞍上の大坂尚人は四日間の騎乗停止処分となり、父はコース上で倒れたまま動けず、担架に乗せられて救急搬送された。

父が乗っていたのは、落馬した六頭のうちの一頭だ。転倒した馬を避け切れず、前で倒れた馬に乗り上げる形になり、父は振り落とされた。その時、後ろから走ってきた馬に踏まれ、脊椎《せきつい》を損傷した。

当初、主治医は「騎手として復帰するというよりは、普通に生活できるのを目標にリハビリしましょう」と告げた。

一生、車椅子の生活になるかもしれない、とも言われた。

だが、父の回復は目覚ましく、驚異的な体力と意志で、自立して歩けるところまで復活した。特集番組でも父のリハビリの様子が放送され、「ユーゾーは鉄人だ」、「癖馬職人が戻ってくる」と復帰が期待されていた。

父も復帰を希望していたし、それを支えにリハビリに励んでいたのだ。だから、病院の霊安室の中で目を閉じて横たわる父を見た時は、何かの嘘だと思った。

その日、病院から母の携帯に「父がＩＣＵに入った」と連絡が入った。ちょうど遥と三人で外食中で、料理を残したまま駆け付けたが、その時には既に意識がなかった。順調にリハビリを消化し、主治医から「一度、外泊を」と言われていた矢先の事だった。

警察の捜査で事件性はなく、事故死だとされた。

出棺の時、遥は泣きじゃくりながら父の顔の傍に白い花を置き、雅美は父の頬を両手で挟んだまま、じっとしていた。まるで、そうしていれば父の言葉が聞けると思っているかのように。

大勢の大人が次々と祐輝の前で立ち止まり、小声で何かを囁いては去っていった。

何故、ここに立っているのか、何故、父の写真を持たされているのか、何故、大勢の大人に「お父さんは立派な人だった」と聞かされるのか。

次々と頭の中に疑問符が浮かんでは、すぐに消えた。

そして、現実なのか、夢なのか分からないまま、初七日、四十九日と行事をこなしながら、元通り学校に通っていた。

気が付けば雅美は厩舎の仕事を見つけてきて、あんなに泣いていた妹は元通り学校の友達とバカ笑いするようになっていた。

祐輝も部活にのめり込み、目標の大会に向かって練習に励んだり、定期テストの結果を気にしたりと、父がいない生活に慣れていった。ところが進路を考える時期が近づくにつれ、「競馬学校を受験するのか?」と聞かれる事が増えた。

「親父さんの無念を晴らしてやれ」とも――。

その度、父の死について考えた。

どんなに頭を巡らせても、父が亡くなる直前に何があったのか分からなかった。病院の階段の上段で、うっかり足を滑らせただけなのか、それとも事故死に見せかけるように計画した上での自殺だったのか。もし、そうであったとしても、自殺を企《くわだ》てようという心境に至るまでの父の思いなど分からない。

ただ、世間が勝手に想像して、「落馬の時の恐怖心を思い出して、騎手としての人生に見切りをつけた」とか、「絶望した」とか、「やっぱり尚人に何らかの恨みを持っていて、あてつけに自殺した」と言っているだけだ。

(僕、『お前んとこの親が祐三を殺したようなもんやな』って、いきなり知らん人に言われた事あるんや)

知るかよ。

かぶりを振って、魁人の言葉を頭から追い出す。

ベッドから起き上がると、着替えて厩舎へと向かった。

馬は起きているようで、鼻を鳴らしたり、草を食む音が、外に立っていても聞こえてくる。

その合間に紛れ込む、かすかな馬達の声に祐輝は耳をそばだてた。

いつからか、眠れない夜は馬の声を聞く為に、ここに来るのが習慣となった。

馬房が何やら騒がしい。

寂しがって嘶いている馬、飼料をかすめ取ろうとするネズミか何かを見て怖がるか、或いは興奮している馬。それぞれの理由があって、声を発するのだ。

足元がぐらぐらするような不思議な感覚に襲われ、ふいに「♪」「！」「○」「×」といった記号が祐輝の頭に入り込んできた。これも馬達の感情、もしくは声なのだろうか？

次々と脳内を流れる記号、そこに紛れる草や飼料の映像、暗闇に光る目を、祐輝は夢を見るような心持ちで見ていた。

苦しんでいるクイーンの気配は感じ取れなかったのに、こんなどうでもいい感覚は嫌でも見えるのだ。まるでシステムエラーを起こした機械のようだ。

（傷つくのは人間の勝手だろ？　馬はお前を怨んじゃいないし、何とも思ってないんだ）

小森の言う通りだ。

馬は自分達に頭絡を付けられたり、人に曳かれたりする意味も分かっていない。

いつか楓子が言っていた言葉を思い出す。

（いいよね、馬は。ちゃんと人として、こっちを認めてくれる。男とか女とかじゃなく）

厳密には、人格を認めているのではない。

ブラッシングで自分を気分良くしてくれて、空腹を満たしてくれる。だから、男でも女でも関係ないだけなのだ。

——俺も、馬みたいに単純に生きたいよ。

そんな、どうしようもない事を考えていた時——。

「はっ、はっ、はぁっ……」

突如、何処からか激しい息遣いが聞こえてきた。ビニール製の袋をこすり合わせるような、かしゃかしゃとした音と共に。それは、馬が発する物音や、声ではない。

誰かがこちらに向かってくるのが見えた。

慌てて物陰に潜む。

月灯りのない暗い夜だから、祐輝の姿は向こうからは見えないはずだ。暫くすると、摩《ま》擦《さつ》音が消え、溜息のような声が聞こえた。

和馬だった。遠目で見ても、大汗をかいているのが分かる。念入りにタオルで拭っても、後から後から噴き出してくるようだ。

肌を夜気に当てて汗を引かせようとしているのか、和馬は着こんでいたウィンドブレーカーやTシャツを脱いだ。あばら骨の浮いた胴が、暗闇に白々と浮かんだ。腹筋が割れているのが薄っすらと見える。そんな贅肉ひとつない和馬の上半身を、祐輝はぼんやりと眺めていた。

「うわっ！」

　こちらに気付いた和馬が、驚いたような声を出した。

「俺だよ」

「あぁ、びっくりした。どうしたんですか？」

「そっちこそ……」

「見ての通りだよ。走ってんだし」

　反対方向から、壮一郎が駆けてきた。和馬に向かって「おめぇ、遅ぇーよ」と悪態をついている。

「須山くんが速すぎるんです。途中から僕を置いていっちゃうし」

「だから、お前に合わせてっと、遅すぎて気持ち悪いんだよ」

　見れば、壮一郎はTシャツにジャージという恰好で、汗ひとつかいていない。

「二人とも、こんな時間に走ってるのか？」

「ええ」と言いながら、和馬は脱いだ衣服を着た。

「いつも走ってるのに、余分に走るのか？」

　分刻みのスケジュールで動く騎手課程生は、移動は基本的に駆け足だから、大袈裟ではなく本当に暇があれば走っていた。

「そうではなく、ゆっくり長い時間を走るんです。息が上がらない程度のペースで。もちろん、体重管理の為にです」

十キロも走れば、多少食べ過ぎても体重が増えない事を発見したらしい。

「元陸上部員の須山くんが、考えてくれたんです」

「須山が？」

意外と言っては悪いが、思わず壮一郎の顔を見ていた。

「思い出したんだよ。陸上部時代に体脂肪を落とすのに、女子がそういうトレーニングしてたのを」

もっとも、生理が止まったり、骨粗鬆症《こつそしょうしょう》になったりと、成長期の女子が体脂肪を落とし過ぎると弊害もあるので、途中で中止されたらしい。

「気分転換やストレス解消になりますし、スタミナや筋持久力もつきます。良い事だらけで、須山くんには本当に感謝してます」

壮一郎は「俺、先に帰ってるし」と言って、さっさと走り去っていった。褒められて、珍しく照れくさがっているようだった。

「しかし、汗を絞り出しても、水を飲んだら終わりじゃないのか？」

祐輝の疑問に、和馬は首を振った。

「確かにそうなんですが、やっぱり走ると代謝が良くなるみたいで、須山くんと一緒に走り出してからは、食べても体重が増えなくなりました。ただ、ゆっくり長く走るのって、時間がかかるんですよ」

競馬学校のスケジュールは過密で、そうそう長く走っていられない。そこで、寝る時間を削って走っているのだという。

「大変だな」

「教官に相談すると、身長の伸びが止まれば、少しは体重管理も楽になるという事でした。それまでは走って調節します」

「そうか、良かったな」

「僕の場合はストレスもあったから、余計に体重管理が難しかったみたいです。こうして夜、人が寝静まってる時間に走るようになって、心も穏やかになりました」

「やっぱり、ストレス溜めてたのか?」

「そりゃそうですよ。競馬サークルと縁のないとこから来てる僕なんか、白鳥くんや大坂くん以上に頑張ってアピールしないと……。父からは、ずっとそう言われてきたんです」

競馬ファンでもある和馬の父は、部外者であるがゆえに、そこで生きる厳しさにも敏感なのだろう。

ふと、和馬に聞いてみたくなった。競馬ファンにとって、父と大坂尚人はどんな風に見えていたのかを。和馬の父親なら当然、白鳥祐三と大坂尚人の確執を知っているはずだ。

「和馬の父ちゃん、俺らの事、何か言ってなかったか?」

和馬の動きが止まった。そして、「いえ、特には」と返ってきた。

「隠さなくたっていい。俺は……、魁人とどう付き合っていけばいいか、迷ってるんだ。自分の親が人前で殴られて、恥かかされて……。いくら大昔の話だといっても、その相手の息子が傍にいたら平気じゃないよな。俺だって……」

突如、腹の底から熱い塊がせり上がってきた。

「……いや、そうじゃねえ」

食いしばった歯の間から、押し殺した声が漏れた。

「俺は、殺されたって思いてぇんだ。親父が、誰かに……」

楓子や魁人には「親父は事故死だ」と強がってみせたが、あれは本心ではない。

「ちょ、ちょっと待って下さい。話が飛躍してませんか？」

「そんだがらっ！　魁人の父ちゃんが親父を自殺に追い込んだみてぇに言われると、無性に腹が立つんだ。そうじゃねえべっ……て」

自分でも、もう何を言っているか分からない。

「俺……、まだ納得できてねえ。事故死？　ふざけんなよ！　階段から落っこちただぁ？　まさか親父がそんなドン臭い死に方すんのかよ！　馬に踏まれても死ななかったんだぜ？　誰かに殺されたって言われた方が、まだしも……」

誰かに殺されていた方が、むしろ納得できたかもしれない。あんな風に、ぷつりと糸を切るようにいなくなってしまうよりかは。

「ごめん。……こんな話を聞かされても、困るよな。忘れてくれ……」

気が付くと、頬が濡れていた。泣くまいと思うのに、ぼたぼたっと涙がこぼれ落ち、手で口を押さえても嗚咽が漏れる。

その時、遠くで懐中電灯が光った。

「見回りが来たみたいですよ。戻りましょう」

和馬に促され、物陰に隠れながら寮に戻った。しびれた頭で「早く朝になれ」と願いながら。

*

九月下旬。三年生が騎乗する第一回模擬レースは、ダート一〇〇〇メートルで行われ、人馬無事に終了した。その翌日——。

「昨日の模擬レースを観て、みんなも刺激を受けたと思います」

石川教官が一年生の顔を見ながら微笑む。

「というところで、このあいだ伝えたように、今日はオーディションを行います。さぁ、誰から始めますか？」

誰も手を上げないので、じゃんけんで決める事にした。

トップバッターは魁人になった。

魁人は木馬にまたがると、鐙に足を入れた。そして、腰を浮かせて手綱を掴んだ。

「今から三十秒間。ヨーイ、始めっ！」

教官の号令で、魁人は馬を追う動作をする。

「うーん、まぁまぁかな」

次が楓子だったが、動く度に膝から下が前後していた。

「まだ下半身の力が足りないね」

祐輝も和馬も「軸がブレてる」とか、「重心が悪い」と厳しい注意を受ける。

「へっへっ、ここは俺様の出番だし」

最後に木馬に乗った壮一郎は、全く軸がブレる事なく、祐輝が見てもお手本に相応しい動きだと思った。

「須山が一番いいですね。今の時点でそれぐらいできたら及第点です」

「うっし！」

「あーあ、やっぱり壮ちゃんかぁ」

「あれだけ練習してたら、そりゃ上手くなるよな」

魁人と楓子が口々に言う。

「それでは、第二回公開模擬レースの当日、須山に木馬の模範演技をしてもらいます。さらに、あと二名にも出てもらいます。まずは松尾」

「ボクですかぁ？」

驚いたのか、声が裏返っている。

「そんな情けない顔しない！　もう一人は麻生」

「つまり、悪いお手本という事ですね？」

和馬が苦笑いをした。

「違うわよ」

石川教官はぴしりと言った。

「まだ一年生で、訓練を始めたばかりです。現時点では少し差がありますが、いずれは全員、理想的な姿勢で木馬を動かせるようになります。だから、悪い例とかではありません。当日は競馬学校を受験する子達も訪れるので、身長や体形、タイプの違う子達を紹介したいんです」

楓子の頰がピクリと強張った。

「だから、ボクが選ばれたんですか？」

「そうです。受験生には女子もいます。松尾が頑張ってる姿は、そんな女子の志望者達の励みになるはずです」

微妙な空気が流れたが、楓子は「……分かり……ました」と頷いた。渋々といった体《てい》ではあったが。

＊

「遅いぞ！」

「すみません！」

厩舎の作業スペースには飼い葉桶が並べられ、既に厩務員課程生の手で燕麦《えんばく》、プロテインやビタミン、ミネラルを含んだ配合飼料が入れられていた。

彼らを手伝って、祐輝達はホースで飼い葉桶にお湯を入れていく。

「おい、あんまり入れすぎるな。ベシャベシャになって食えなくなる」

棒を使って飼い葉桶に入った飼料をかき混ぜながら、年嵩の男が注意した。

現在、厩務員課程生の最年長は三十五歳だった。最も若い生徒が二十歳。競馬学校に来る前は馬術選手として活躍していたり、育成牧場で働いていたりと、その経歴は、中学を卒業しただけで入学してくる騎手課程生以上に多様だった。

「持ってっていいぞー」

号令にしたがって、飼い葉桶を台車に乗せてゆく。

消化が良いように餌はお湯でふやかしてあるし、分量や種類は馬の体調に合わせて一頭一頭変えられていた。走路用の馬には夏場は塩やカルシウムを与えて、脱水症状を防いだりもするのだ。

台車を押して馬房に近づいた。食事の気配を察した馬達が物音を立て、騒がしくなる。

馬房の扉を開き、そこに取り付けたフックに飼い葉桶を吊るすと、馬はすぐに飛びついてきた。興奮して嘶く馬や、待ちきれないのか、扉から首を長く伸ばして、涎まで垂らしている馬もいる。

「元気か？　ピカ」

馬房に近づいただけで興奮する他の馬達と違って、ピカメリーは隅でじっとしていた。

残暑の厳しさが堪《こた》えたのか、このところピカメリーはずっと食欲がなく、夕飼《ゆうが》いが翌朝まで残っている事が続いた。飼料とは別に与えている干し草も食べていない。

馬は疲れてくると草を食べなくなる。繊維質を採らないと疝痛《せんつう》を起こすので、代わりに青草を与えてみたが、捗々《はかばか》しくない。そこで、今日は砂糖大根の根を乾燥させたビートパルプを試す事にした。甘味が強く、どの馬も好んで食べるという話だ。

燕麦も、今日は蜂蜜《はちみつ》でコーティングしたものを特別に入れてもらった。これは「食べない馬も食べてくれる」と厩務員課程生のイチ推しの飼料だった。

「ピカ、今日は特別メニューだぞ」

こちらに尻を向けている馬に話しかける。

「食ってみな。美味いから」

ゆっくりと近づいてきたピカメリーの鼻づらを撫でてやる。ピカメリーは飼い葉桶に顔を突っ込み、匂いを嗅いだ。やはり甘味が強いと美味しいようで、いつもより飼い食いが良かった。

——こんな贅沢を覚えたら、普通の飼い葉は食べなくなりそうだな。

隣の馬房にいる馬が、前掻きをして催促《さいそく》していた。

「ごめん、ごめん」

飼い葉桶を吊るすと、「グズグズするな」と言わんばかりの勢いで、祐輝の身体を押しのけて顔を突っ込む。

「さっさと済ませようぜ」

上級生から促され、次の馬房へと台車を運んでいった。

まだ時折、暑さがぶり返すが、秋の気配が濃厚に漂うようになった。心なしか、最近は馬達も飼い食いが良くなった気がする。

食事を配り終え、空《から》の台車を押していると、三年生が馬を見つめているのに出くわした。自分が騎乗した馬のコンディションが気になるようだ。

「昨日はお疲れさまです。カッコ良かったです」

そう言うと、三年生は白い歯を光らせて笑った。

「他人事《ひとごと》みたいに言ってるけど、お前達もすぐだぞ」と言いながら。

馬の様子を点検していると、楓子がマロンの馬房を覗いているのが見えた。

「さっきの、気にすんなよ」

声をかけると、楓子は眩しそうに眼を細めた。

「何が？」

「石川教官が、女子だから選んだって言ってたの」

楓子は背中を向けると、「いちいち気にしてねーよ」と呟く。

「へぇ、ちょっとは大人になったな」

楓子は足元に落ちていたボロの欠片《かけら》を拾うと、振り向きざまに無言で投げつけてきた。

三

その日、窓を開けると、夜中に降っていた雨が止んでいた。

体重測定の為、食堂に降りていくと、「晴れて良かったな」と言い合っているのが聞こえてきた。

先月、一回目の模擬レースを消化していたが、やはり観客が入るとなると気合の入り方が違う。うきうきしたような、落ち着かないような、そんな雰囲気が寮内には漂っていた。

厩舎作業を終えると、既に観客が集まり始めていた。

今日は騎乗する生徒の両親や近隣の住民、競馬ファンの他、現役のジョッキーや調教師まで訪れ、晴れ舞台を見守るのだ。

校内に農作物を並べた屋台やキッチンカーが出店していた。唐揚げやヤキソバ、フランクフルトといった定番をはじめ、クレープにスムージー、タコライスなどお洒落な食べ物が販売されていた。

一年生が真っ先に反応したのが、クレープだった。

「う、美味そう……」

観客達は、串にささったマシュマロで生クリームをすくって食べている。見ているだけで、口の中に唾が広がった。

背後で「きゃぁ！」と小さな歓声が起こった。

見ると、ゲストとして呼ばれた相馬《そうま》諒太《りようた》騎手が、取り巻きを連れてこちらに向かってくるところだった。

相馬は卒業して八年目で、イケメンの誉《ほま》れ高い若手騎手だ。追っかけの女性ファンだろうか、「ソーマくん、こっち向いて」と望遠レンズ付きのカメラを向けている。

相馬と一緒にいるのは、毎週日曜日に放送される中央競馬の中継番組にレギュラー出演している芸人だった。

二人を追うように、大柄な男性カメラマンとアシスタントが張り付いている。その模様は今、ネットにリアルタイムで配信されているのだろう。

「びっくりするねぇ、相馬くん。学校の催しって、普通はここまで盛大にやらんでしょ？　さすがJRA。お金持ちやわ」

「いやいや、キッチンカーの出店なんか、俺達の頃には考えられなかったっす。今の在校生は恵まれてるっすよ」

芸人は大きな肉の刺さった串を、相馬はクレープを手にしていた。

「お、噂をすれば、そこに生徒さんが……」

「お前ら、ちょっと食ってみっか？」

祐輝達を見ると、相馬が近づいてきた。そして、キッチンカーでマシュマロの串だけを買い、クレープのクリームをすくって目の前に差し出してきた。

お互い顔を見合わせた後、壮一郎がマシュマロにかぶりついた。

「お、釣れた、釣れた！」と、芸人がはやし立てる。

「壮ちゃん、ずるい！」と誰かが言うと、相馬がキッチンカーに向かって「お姉さーん、マシュマロ、人数分ちょうだい」と声をかける。

そうやって魁人、楓子、祐輝、和馬と順にクリームを味見させてもらっていると、その様子をカメラマンが映していた。

「え、これ、映ってるんすか？　やべぇ」

カメラに気付いた壮一郎が、人差し指と小指を立てるメロイックサインをしてみせる。

「イェーイ」

後で教官に怒られるかもしれないが、外の空気に触れて浮かれた一年生達は、壮一郎を真似てメロイックサインをしながらはしゃいだ。

「おい、そろそろ行こうぜ」

第一レースの発走は十三時三十分で、木馬の模範演技は、その前に行われる。クレープをご馳走してくれた相馬と共に、一年生全員が壇上に上がる事になっていた。

そのイベントでは、司会進行のタレントが石川教官を紹介し、一年生も一人ずつ名前を読み上げられた。オーディションまで行って臨んだ木馬の模範演技は、和馬、楓子、壮一郎の順に進み、最後は相馬が現役騎手らしい素晴らしいお手本を見せて終わった。

一年生は食い入るように、相馬の騎乗姿勢を見た。さすがに現役騎手を前にすると、壮一郎も霞《かす》んで見えた。

「下手糞同士で、俺の方が上手いとか言ってんじゃねーぞ」

出番が終わった後、壮一郎は相馬からキツイ一言を貰っていた。

＊

いよいよ第二回模擬レースの開始時刻が迫ってきた。

第一競走はダート一〇〇〇メートル、教官を含めた八頭立てで行われ、うち一頭に相馬が騎乗する。

いつもはウォーミングアップを行う厩舎前のスペースが、今日はパドックとなっていた。

雨が上がった今、馬場状態は稍重《ややおも》だ。

「こういう渋った馬場が、実は厄介《やっかい》なんだ」

パドックを見学している一年生に、教官の小森が説明を始めた。

「今日はゴーグルが重要になってくる。水分を含んだ、べちゃっとした泥が飛んでくるからな。三年生にとっちゃ酷《こく》な環境だが、実戦を踏まえたいい経験になるはずだ」

馬が走る際に蹴り上げた芝や砂が飛ぶ現象は、キックバックとも呼ばれている。騎手はゴーグルで目を保護すると同時に視界を確保し、キックバックを嫌う馬にはメンコを被せるなどする。

「雨が本降りであれば、ゴーグルに付着した泥は流れてくれる。それが、渇《かわ》き気味だと泥が付いたままになる。だから、騎手は泥避けに工夫をするんだ」

小森は、模擬レース用の勝負服を着た三年生達に目をやった。

勝負服は帽色と白のツートンカラーで、身頃にJRAのロゴマークが白く染め抜かれている。帽色は実戦と同じで、一枠から白、黒、赤、青、黄、緑、オレンジ、ピンクとなっていた。

そして、何枚にも重ねたゴーグルを装着したり、ダート板と呼ばれる透明な下敷きにゴム紐を通したものを首からぶら下げている。

「あのゴーグルを重ねるのも曲者《くせもの》で、汚れたゴーグルを外した時、ゴムが絡まってると全部、一緒に外れてしまったりする。そうなると……」

飛んできた泥で顔を覆われ、何も見えなくなるのだ。

「だから、俺はゴーグルをした上で、ダート板を重ねるようにしてた。さらに、皮膚保護用の軟膏《なんこう》を塗っておけば、油で砂を弾いてくれるから便利なんだ。サランラップを巻く奴もいたな」

競馬場の検量室には、その為のクリームとサランラップが大量に置かれているという。

号令がかかり、相馬騎手と三年生達が整列した。

厩舎前を周回していた馬も、彼らが騎乗すると気配が変わった。中には騎手を振り落とそうとするなど、煩いところを見せる馬もいて冷や冷やする。

騎手を乗せた馬が走路コースへ向かうのと同時に、祐輝達も移動した。

一般の観客は走路コースの傍で観戦するが、祐輝達は集まった三年生の保護者と共に、スタンド屋上でレースの模様を見る事になっていた。

屋上には猪本がいた。

祐輝達が入学する前に定年で退官したから、直接の指導を受けた事はなかったが、近くに住んでいるのもあり、しょっちゅう学校に足を運び、一年生の事も気にかけてくれていた。

「随分と楽しんだみたいだな」

猪本はニヤニヤと笑っていた。

「口元にクリームがついてるぞ」と言われ、慌てて手の甲で拭う。

「嘘だよ。嘘」

愉快そうに「わあっはっはっは」と笑う。そのまま、祐輝は猪本の隣に立った。

「どうだ？　お父さんを超せそうか？」

柔和な笑みを向けられた。

「え、どうでしょう……」

た。


「比べられて大変だろうが、まぁ、頑張りなさい」

猪本は出馬表を広げた。

「相馬は赤い帽子か。真ん中だな」

猪本だけでなく、周囲で見学している保護者も、事前に配布された出馬表を手にしてい
「スタートの仕方、道中での位置取りやコーナーの回り方、直線を向いてからの動きなど見て欲しいポイントは幾つもあるが、特にスタートが重要だ」

競馬学校の走路は狭く、スタートを失敗すると、一〇〇〇メートルではなかなか挽回《ばんかい》できないと、猪本は言う。

「見習騎手は、一〇〇〇メートルで起用される事が多い。つまり、短距離は若手が活躍できる場でもあるんだ。そう考えたら、学校にいる間に、きっちりと一〇〇〇メートルを走る時の注意点を覚えていってもらいたいな」

上手くスタートさせる為には、スムーズにゲートに入れ、中に入ってからも馬を落ち着かせ、静かに待たせる技術が必要になる。とはいえ、競馬学校では、そうそうスタートの練習はできない。だから、模擬レースは貴重なスタート練習の機会でもあるのだった。

スピーカーから軽快なマーチが流れ、馬が走路に入場してきた。曳かれてきた馬は、そのまま返し馬に入る。

「余所見《よそみ》してないで、現役騎手の返し馬のやり方、見ておけよ」

きょろきょろしていると、猪本に注意された。

赤い帽子を被った相馬騎手が入場してきた。係員が離れた後も、馬に正面を向かせず、斜めの角度で歩かせていた。いわゆる「カニ走り」だ。相馬がカニ走りをしている間に、他の馬達はスタート地点の向こう正面まで走っていった。

そして、周囲に馬がいなくなるのを待っていたかのように、相馬は返し馬に入った。馬が蹴り上げる土は水分を含み、いかにも重そうだ。あれが顔に当たれば、さぞかし痛いだろう。

「白鳥、パドックは見たか」

赤い帽子が遠ざかるのを見ながら、猪本が話しかけてきた。

「はい」

「じゃあ、分かるな？　あの馬はパドックで煩かったから、入場した後、返し馬を行える状態になるまで落ち着かせていたんだ。もっとも、同じ事を生徒がやっても、あそこまで馬とコミュニケーションをとれたかどうか……」

相馬の乗った馬は向こう正面まで行くと、そこで他の馬達と一緒に輪乗りを始めた。

隣の一角では、三年生の保護者達が見学していた。

「まずは怪我無く無事にレースを終える事。後は普段、練習でやってる事を落ち着いてやる事。その二点を言い聞かせています」

案内係の教官が言うのが聞こえると、猪本が祐輝の耳元で囁いた。

「三年生といっても、まだまだ未熟だからな。卒業を前に落馬負傷されて、この三年間の努力をふいにしないか……。心臓に悪いよ」

そう言って、猪本は胸を押さえた。

「僕もこの間、落ちました」

「そうなのか？　無事で良かったじゃないか」

「でも、馬が……」

小森からは「クヨクヨするな」と言われていたが、やはり考えてしまう。

「今後、君達は馬との出会いと別れを繰り返して、成長していくんだ」

やはり小森と同じ様な事を言われた。

「ところで、大坂の息子とは上手くやってるか？」

端の方で見学している魁人を見やる。

「あの、一つ聞いていいですか？」

祐輝はこの機会に、猪本に胸の内を聞いてもらいたかった。

「何だ？」

「……何故、俺の親父は大坂さんを殴ったんですか？」

「未《いま》だにそんな事を気にしてるのか？」

ただでさえ大きな目を、猪本がさらに大きく瞠《みは》った。

「あんなの大した事じゃない」

そして、ふいに真顔になった。

「要は、尚人が大人の事情を無視したからだよ」

「事情？　大人の？」

「そうだ。競馬に出走する馬は、それぞれ持ち主がいて、馬の数だけ事情がある。尚人は、そいつを無視したんだ」

「それは……勝たせてはいけないレースで、馬を勝たせてしまったとか、そういう事でしようか？」

川崎からの受け売りだったが、猪本が「お」という顔をした。

「さすが、祐三の子だ。よく分かってるじゃないか」

いや、全く分かっていなかった。が、猪本は話を打ち切った。

「始まるぞ」

スターターがスタート台に乗り、旗を振った。ファンファーレが鳴らされ、輪乗りしていた馬が続々とゲートに向かう。

一〇〇〇メートルのスタート地点はスタンドからは遠い。中の様子までは分からないが、ゲート入りはスムーズに進んでいるようだった。

最後の一頭がゲートに誘導され、枠入り完了。係員が離れると、間髪《かんはつ》を容《い》れずにゲートが開かれ、各馬一斉にスタートした。かと思いきや、赤い帽子が出遅れた。相馬だ。

「あー」と悲鳴が漏れ、実戦さながらの雰囲気が漂う。

最内枠の利を生かし、一枠の馬が先頭に出た。白い帽子が目印だ。手応えが良いのか、鞍上がやや引っ張り気味になっている。他の馬が外から内に切り込むように走り、先頭馬に続く。

「カッコいいですよね。実際の競馬用の鞍を使っていて……」

和馬が言うのが聞こえた。

今、祐輝達が使っている鞍より小さく、鐙も違う。

さすが三年生だけあって、フォームも綺麗で、上手く重心を合わせていた。

やがて、馬が第三コーナーを回って、こちらに向かってきた。コーナーの回り方も自分達とは全然違う。

最後のコーナーを回ると、ゴール前の直線に入った。距離が短い分、スピードも速い。

白い帽子が逃げ切るかと思ったが、最後方を走っていた二頭が追い込んできた。

「うわ、赤の帽子、上手い！」

「当たり前だ。あれは現役の騎手だし！」

歓声の合間に、楓子と壮一郎の会話が聞こえた。

相馬は外から一頭、二頭と追い越してゆく。最後は届かなかったが、三着まで持ってきた。

「白鳥。今のレース、現役の騎手を見て思った事を言いなさい」

「やっぱり上手いです」

相馬は馬を止めながら、片手でゴーグルを取った。

「僕達があれを真似したら、すぐに馬から落っこちますよね」

相馬はゴーグルをヘルメットに押し上げると、頭から背中に向かって、馬のタテガミを撫でた。そんなさり気ない動作も堂に入っている。

「それに、スタートで出遅れたのに、全く焦ってなくて、凄いと感じました」

レースが始まる前、猪本は「スタートで出遅れてはいけない」と言っていた。もし、祐輝が彼の立場なら、馬を出してポジションを取りにいっただろう。

「白鳥。あれが、馬の邪魔をしないという事なんだ。出遅れた事より、馬の折り合いを重視したんだ」

あそこで馬を前に出すと、折り合いがつかなくなり、馬に無駄な力を使わせてしまうのだという。出遅れたら出遅れたなりの競馬をするのも、騎手の腕の見せ所なのだ。

「他に何か思った事はないか？」

「……最後、外を回しましたが、インをついてたら勝ってたかもしれませんね」

「そうだな」

猪本は満足そうに頷いた。

「内にいた馬達の手応えが悪いのを見て、外に行ったんだろう。もっとも、これが実際のレースだったら、こじ開けただろうが、技術が未熟な生徒を相手に、間を割るのは危険だ。模擬レースでそこまでやるのも大人気《おとなげ》ないしな」

つまり、生徒達に花を持たせたという事か？　出遅れたのも、ひょっとしたらわざとなのかもしれない。

「手加減しながらも、プロの技量を見せてくれたんだ。よく覚えとけよ」

「はい」

「学校の成績が優秀だからといって、必ずしもデビューした後に活躍できるというものでもない。だが、やっぱり競馬学校の成績は大事だぞ」

「……父は、優秀な生徒だったんでしょうか？」

「そうではなかった……と言ってやりたいが、やっぱり光るものがあったらしい」

肩を落とす。

「祐三のいいところは、馬と対話できるところだったな」

対話――。

「馬が何を考えてるか、分かって動かしてた。そうとしか思えなかったな」

「凄く変な事を言っていいですか？」

「何だ？」

「僕、馬が考えてる事が、頭に浮かぶ時があるんです」

猪本は「ほう」と言葉にならない、溜息のような声を吐き出した。

「と言っても、馬達が自分の気持ちを一方的に発信するのを感じ取るだけで、対話なんてできません」

「いいんじゃないのか？　それで」

「……いい……とは？」

「馬に教えてもらうんだよ」

笑われるかと思ったが、猪本の顔は真剣だった。

「何かを感じるんであれば、まずはその時に馬の様子を観察してごらん。感覚に従ってお前が動いて、それで上手くコミュニケーションがとれたなら、馬との関わり方も変わってくるだろう。その中で、馬の言うがままにならない事も重要だと分かってくる」

「馬の言うがままにならない……」

「どうやら白鳥は優し過ぎるようだな。そして、迷いがある。自分の体より大きな馬を御すんだから、中途半端じゃ駄目だ。もっと強い心が必要だ」

俯きながら「はい」と答えていた。

「やけに尚人の事を気にかけてたが、お前さんの迷いは、そこにあるんじゃないのか？　おい、いつまで祐三にこだわってるんだ？　迷ってるうちは追い越せないぞ」

「迷い」、「中途半端」、「追い越せない」。そんな言葉がぐさぐさと胸に突き刺さる。

——俺はいつまで、うじうじと悩んでいるんだ？　自分の迷いを、「親父が誰かに殺された」と考える事で埋めようとしてるんじゃないのか？

猪本は続けた。

「なぁ、いつか『白鳥祐輝は祐三の息子』じゃなく、『白鳥祐輝の親が祐三なんだ』って……。そんな風に言わせたいよな。競馬サークルやメディアの連中、ファンにも」

ぽつんと、胸に温かいものが灯った気がした。

「……なれるでしょうか？」

「なれるでしょうか？　そんなのお前次第だろ？　それとも、残念な二世騎手になりたいか？」

「いえっ！」

弾かれるように答えていた。

「俺、騎手になるからには、絶対……絶対に親父以上になりたいです！」

バシンと肩を叩かれた。

「よーし、よく言った。その言葉、覚えとくからな！」

その時、「第二レースのパドック周回が始まります」と案内の声が響いた。

「さぁ、我々も行こうか」

猪本がさっさと歩き出したから、急いで後を追った。

パドックでは第二競走に出走する馬の周回が始まっており、厩舎の柱の所で三年生の一人が中折れ帽を被った年配の男性と喋っていた。

栗東所属の調教師で、リーディングトレーナーに輝いた経歴を持ち、メディアにも頻繁に顔を出している。相手をしているのは、卒業後に厩舎所属となる生徒だった。

「やっぱり、俺も、ああいう有名な先生んとこに行きたいし」

壮一郎が、ぼそりと呟いた。

エピローグ

一月――。

「ここにいるのは全部、馬主さんの馬だ。騎手候補生に勉強させる為に用意した馬じゃないからな」

中学時代には何かと可愛がってくれた渋谷だが、今は手厳しい。

「ほらっ、さっさとしろ！」

「はいっ！」

渋谷の腕に足をかけて馬に飛び乗ったら、馬を曳いてもらって、馬道を進んだ。

午前七時過ぎ。

調教スタンド前には開門を待つ馬がひしめき、馬達が吐き出す息で白くけぶっていた。

黒いヘルメットが多い中、時折、青いヘルメットを見かけた。黒は調教師か調教助手、青は騎手が被る色だ。

金曜日の今日は、朝追いが行われる。

レースを控えた馬は、水曜日と木曜日に追い切りを済ませていたから、今日は軽く流す程度に追い切るのだ。

騎手課程生は二日前から、美浦トレセンで短期厩舎研修を受けていた。ここで五日間、馬房の掃除から始まり馬の手入れ、調教――坂路や平地での追い切り――等など、様々な体験をさせてもらう事になっているのだ。

「ゆっぴー！」

「おはようございます。白鳥くん」

声のする方を見ると、魁人と和馬がいた。二人とも祐輝と同じく、赤と白の染め分け帽を被っている。それが厩舎実習中の生徒の目印なのだった。

魁人は黒鹿毛《くろかげ》、和馬は芦毛《あしげ》の背に乗り、手を振りながらこちらに向かってきた。

「あんまり近寄るなよ。こいつ噛み癖があるから」

馬を方向転換させながら、渋谷が二人に注意する。

「すいませーん」

「おはようございます」

二人は渋谷に気付くと、ペコリと頭を下げた。

まだ、開門までは少し時間があった。

集まった馬達の中に一頭、しきりに嘶いている馬がいた。どうやら遊びたいらしく、他の馬にちょっかいをかけようとしている。かと思えば、集まったマスコミ陣を怖がってか、立ち止まってしまった馬もいる。

「アンちゃん達。どうだ？　トレセンの印象は……」

渋谷からの問いかけに、和馬が答えた。

「僕、一頭ずつの追い切りは、競馬専門チャンネルで観た事あります。でも、数百頭を一斉に調教しているのを見るのは初めてで……」

「そうだろ？　迫力あるだろ？」

渋谷は得意げに胸を張る。

「はい！　想像してたより凄いです」

「その追い切りを、今から自分でやるんだ。どんな心境だ？」

「緊張しながら、ワクワクしてます」

言葉通り、和馬の声も弾んでいた。

美浦に来て三日目、ずっとボロ拾いと寝藁の取り換えばかりだったのが、初めて馬に乗せてもらえるのだ。

「そっちはトレセン育ちなんだから、特に目新しいもんなんてないだろ？」

渋谷は、今度は魁人に向かって話しかけている。

「そんな事ないです。栗東も寒かったけど、ここはそれ以上ですね……」

着ぶくれで冬の雀《すずめ》のようになった魁人が、身体を震わせる真似をした。

美浦に入ってから雨や雷、雪と荒天が続いていた。今日も底冷えする寒さだった。

「それに、同じトレセンでも、美浦と栗東で要領が違うから、尚ちゃ……父からは『色々と経験してこい』って言われてます。栗東だと甘えが出るから、こっちで修行させてもらえとも。よろしくお願いしますっ！」

「『甘え』ねぇ……。無理しないで、父ちゃんがいる栗東に行った方がいいんじゃないか？」

実際、美浦の方が若手には厳しいと言われているのもあり、栗東を志望する生徒が多い。

「言っとくけど、美浦には『アンチ大坂』もいるぞ。それを分かった上で、こっちで武者修行するって言うんだったら、止めないけどな」

渋谷の言葉に、魁人はちょっと困った表情になっていた。

やがて開門の時間が近づき、にわかに辺りがざわざわし始めた。

「祐輝。テキの指示は軽目に、15－15だ。落ち着いて行けよ」

それだけ言うと、渋谷は引き綱を外した。あとは一人で馬を動かし、走路まで歩かせ、指示通りのラップで追い切りをする。

「渋谷くん、言ってる事はきついけど、悪気ないから」

心なしか、しゅんとしている魁人に声をかけた。

「いや、僕も今、まさに実感してるとこや。露骨な人は、僕と口きいてくれへんもん」

「それでも、美浦を志望するのか？」

「……実は、ちょっと決心が揺らいでるとこや。ゆっぴが庇ってくれるんやったら、こっちに来てもええけど」

「何だよ、それ……。俺こそ、向こうへ行った時は庇ってくれよな」

今週、美浦での研修を終えたら、来週は栗東トレセンへ行き、そこでまた同じように短期研修をさせてもらう予定なのだ。

美浦に「アンチ大坂」がいるように、栗東にも「白鳥は尚人に無礼を働いた奴」と考える人間が残っていてもおかしくない。

馬場が開場すると同時に、馬達が動き出した。

「ほんなら、また後でな。ゆっぴ」

馬の流れに飲まれながら、三人が騎乗した馬も歩き出す。

「麻生、後で一緒に飯でも食おうぜ」

少し遅れて馬場に入れた和馬を、祐輝は振り返った。徐々に馬が離れていく。

「はい。松尾さんと須山くんも誘っておきますね」

その時、雲間から太陽の光が覗き、辺りが明るくなった。

【参考文献・Webサイト】

『ジョッキー×ジョッキー　トップ騎手11人と本気で語る競馬の話』藤岡佑介　イースト・プレス　二〇二〇年十一月
『頂への挑戦　負け続けた末につかんだ「勝者」の思考法』川田将雅　KADOKAWA　二〇二三年三月
『優雅に駆ける！　乗馬　上達のポイント50』乗馬クラブクレイン監修　メイツ出版　二〇〇八年六月
「JRA公式サイト」https://www.jra.go.jp/
＊その他、多くの書籍、Webサイトを参照しました。

本書の執筆にあたり、日本中央競馬会の施設、競馬学校の行事などを見学させて頂き、取材へのご協力・ご教示を仰ぎました。改めて御礼を申し上げます。なお、本書の記事内容に誤りがあった場合、その責任は著者に帰するものです。

また、この作品はフィクションであり、架空の設定で書かれていますが、第一話に登場する三月開催の競馬番組表は二〇二四年のものを使用しています。

本書は書下ろしです。

日本音楽著作権協会（出）許諾第二四〇七〇四四‐四〇一号

君と翔ける　競馬学校騎手課程

一〇〇字書評

切り取り線

購買動機（新聞、雑誌名を記入するか、あるいは○をつけてください）	
□（　　　　　　　　）の広告を見て	
□（　　　　　　　　）の書評を見て	
□ 知人のすすめで	□ タイトルに惹かれて
□ カバーが良かったから	□ 内容が面白そうだから
□ 好きな作家だから	□ 好きな分野の本だから

・最近、最も感銘を受けた作品名をお書き下さい

・あなたのお好きな作家名をお書き下さい

・その他、ご要望がありましたらお書き下さい

住所	〒				
氏名		職業		年齢	
Eメール	※携帯には配信できません	新刊情報等のメール配信を 希望する・しない			

この本の感想を、編集部までお寄せいただけたらありがたく存じます。今後の企画の参考にさせていただきます。Eメールでも結構です。

いただいた「一〇〇字書評」は、新聞・雑誌等に紹介させていただくことがあります。その場合はお礼として特製図書カードを差し上げます。

前ページの原稿用紙に書評をお書きの上、切り取り、左記までお送り下さい。宛先の住所は不要です。

なお、ご記入いただいたお名前、ご住所等は、書評紹介の事前了解、謝礼のお届けのためだけに利用し、そのほかの目的のために利用することはありません。

〒一〇一－八七〇一
祥伝社文庫編集長　清水寿明
電話　〇三（三二六五）二〇八〇

祥伝社ホームページの「ブックレビュー」からも、書き込めます。
www.shodensha.co.jp/bookreview

祥伝社文庫

君《きみ》と翔《か》ける　競馬学校騎手課程《けいばがっこうきしゅかてい》

令和 6 年10月20日　初版第 1 刷発行

著　者　蓮見恭子《はすみきょうこ》
発行者　辻　浩明
発行所　祥伝社《しょうでんしゃ》
東京都千代田区神田神保町 3-3
〒101-8701
電話　03（3265）2081（販売）
電話　03（3265）2080（編集）
電話　03（3265）3622（製作）
www.shodensha.co.jp

印刷所　萩原印刷
製本所　ナショナル製本
カバーフォーマットデザイン　芥 陽子

ISBN978-4-396-35082-6 C0193

祥伝社文庫　今月の新刊

土田康彦
辻《つじ》調《ちょう》すし科　先生といた日々

「命がけで鮨を握る覚悟がある者だけ、ここに残れ」落ちこぼれの僕たちに厳しくも辛抱強く教えてくれたのは、一人の先生だった。

蓮見恭子
君と翔《か》ける　競馬学校騎手課程

命の危険と隣り合わせ、過酷な世界に飛び込んだ祐輝。しかし、教官には「向いてない」と言われ……感動のスポーツ青春小説！

有馬美季子
心むすぶ卵　深川夫婦《めおと》捕物帖

立て籠もった男の女房はなぜ死んだのか――江戸の禁忌、食に纏わる謎……夫婦と料理の力で真相を暴く絶品捕物帖シリーズ第二弾！

辻堂　魁
蝦《え》夷《ぞ》の侍　風の市兵衛　弐《に》

歳月と大海を隔ててなお拭えぬ、一族の悔恨とは。北の尋ね人を求めて、市兵衛は海をわたる。アイヌの心を持つ武士、江戸へ！